GEORGE SAND MÈNE L'ENQUÊTE

Une première énigme pour la célèbre auteure

DELPHINE **BILIEN**

GEORGE SAND MÈNE L'ENQUÊTE

Une première énigme
pour la célèbre auteure

MOISSONS
NOIRES

Prologue

Les reptiles glissèrent lentement de la branche qui trônait dans la cage. Leur peau lisse semblait refléter les rayons du jour qui pénétraient par la fenêtre ouverte. Leur mouvement pesant et calculé leur conférait un aspect effrayant qui captivait l'homme. Les corps s'entremêlaient dans une danse à la fois sensuelle et glaçante.

Il les imaginait dans un cadre naturel, près des lacs et des forêts de son Berry natal. Il ne pouvait s'empêcher de songer aux nombreuses légendes qui faisaient référence à ces animaux sortis tout droit des entrailles de la terre.

Leur langue s'échappait par à-coups de leurs lèvres scellées pour sonder les éléments qui les entouraient.

Il s'immobilisa afin de les contempler. Lui ne les craignait pas, il les admirait et savait les prendre avec toute la douceur et la fermeté nécessaires.

Malgré tout, leur dangerosité ne lui échappait pas. Un seul coup de dent pointue pourrait le tuer dans une lente agonie.

D'aucuns ne comprendraient jamais cette fascination que ces serpents lui inspiraient. Logique ! Qui aurait pu deviner quelles histoires enfantines se cachaient derrière cette étrange adoration ?

L'un des crotales dressa la tête. L'odeur des souris provoquait toujours ce prompt réveil.

L'homme éprouva un vif sentiment de satisfaction en déposant le cadavre entre les corps souples qui se ruèrent avidement dessus.

En apercevant les manuscrits qui s'entassaient sur son bureau, il songea que bien des hommes qui craignaient tant ses compagnons se comportaient de manière plus cruelle.

Il se saisit de l'une des sacoches sur laquelle deux lettres étaient gravées : *AD*. Le temps était venu d'agir. Sa conscience l'y obligeait…

Chapitre 1

Juillet 1868

La chaleur ne cessait de croitre dans l'espace réduit du fiacre qui roulait depuis plusieurs heures maintenant. Les paysages changeaient enfin. Les bâtiments de la ville remplaçaient progressivement les vastes étendues de champs et de pâturages. Les toits des maisons se distinguèrent sous le soleil écrasant de ce début d'été.

Alfred, un vieux chat au pelage gris cendré, ouvrit un œil depuis son panier et suivit les mouvements de sa maitresse, en proie à une certaine agitation. Celle-ci se pencha pour admirer la ville, destination de leur périple. Le fiacre longea une large avenue bordée de maisons bourgeoises dissimulées par d'épaisses rangées d'arbres. Les rues et trottoirs faisaient se rencontrer une population hétéroclite où chacun semblait plongé dans ses pensées ou vaquait à ses occupations.

Aurore Dupin, alias George Sand, soupira et s'installa de nouveau sur son siège. Elle sortit un mouchoir de sa poche et s'épongea le front.

— Quelle chaleur, mon bon Alfred !

L'animal bailla négligemment avant de reposer sa tête sur ses pattes pour somnoler encore un peu.

— Ne nous avait-on pas vanté la douceur angevine ? Fable ! Il fait bien plus chaud que dans mon ancien couvent des Anglaises ou dans notre demeure de Nohant. Me verrais-je déjà regretter mon cher Berry ?

Elle ferma les yeux un court instant. À tout juste 64 ans, la dame faisait montre d'autant d'élégance et de grâce que durant ses jeunes années. Son regard vif et malicieux scrutait sans cesse les alentours, l'esprit aux aguets et toujours observatrice du moindre détail qui viendrait nourrir une imagination déjà fertile. Ses cheveux bruns par le passé brillaient maintenant de reflets gris pâle, marques selon elle de la sagesse.

Aurore Dupin soupira et ajusta sa robe. Les pantalons qu'elle se permettait de porter jadis lui manquaient cruellement. Mais elle n'aurait pas voulu faire cet affront à Viviane Moutier, sa vieille amie. Celle-ci, aussi charmante fût-elle, ne manquerait pas de lui faire remarquer qu'un tel accoutrement serait source de vils commérages. Quant à la sœur Hélène qui avait bercé son adolescence, elle lui aurait exprimé combien la souffrance rapprochait de Dieu et rendait humble. La chaleur était bien peu de chose comparée à ce qu'avait souffert le Seigneur.

La voyageuse se redressa, quelque peu étonnée, devant l'apparition d'une masse sombre et imposante.

Le château d'Angers se dressait devant la voiture, tout de gris et de blanc. Il lui fit l'effet d'un édifice terriblement solide mais à la fois menaçant. Dominant la Maine, il semblait veiller sur la ville et clamait la promesse d'une protection sans faille. Elle suivit du regard ce lieu si intrigant avant de reporter son attention sur la route. Viviane Moutier ne lui avait-elle pas dit qu'une fois sortie de la cité angevine, sa demeure serait rapidement en vue ?

Comme s'il sentait la fin de cette interminable pérégrination, Alfred se leva et s'étira, accrochant le siège avec ses griffes. Il se posta, assis face à la portière, dans l'attente de la liberté promise.

Enfin, Aurore Dupin reconnut les lieux tant décrits par son amie. La maison se trouvait à l'écart de la ville, près de Sainte-Gemmes-sur-Loire, entourée d'un large mur en pierres. De l'extérieur, la vue de nombreux arbres laissait présager bien des espaces ombragés. Elle s'imaginait la chambre préparée spécialement pour sa venue et qui lui permettrait de s'octroyer un instant de repos. Toutefois, ce moment de répit devrait certainement se surseoir aux retrouvailles tant attendues par les deux amies. Elles n'avaient que très peu eu l'occasion de se revoir mais leur amitié avait été entretenue grâce à une correspondance abondante.

Passé le portail, elle put admirer la beauté des jardins et l'imposante bâtisse qui se dressait sur deux étages. Un mélange de fragrances fruitées et florales l'accueillirent en même temps que son hôtesse qui descendait à cet instant les marches du perron.

Une jeune domestique aux cheveux roux et aux yeux particulièrement clairs se tenait à l'écart, prête à prévenir le moindre désir de leur invitée.

Viviane Moutier la tira de ses réflexions tandis qu'elle sortait du fiacre, Alfred dans les bras. La vue de l'animal fit tressaillir la maitresse de maison mais elle s'abstint du moindre commentaire et afficha un franc sourire, toujours encline à l'alacrité. Ses cheveux auparavant blonds, présentaient maintenant la même teinte que ceux de son invitée. Ses yeux noisette ressortaient de son visage rond et rubicond. Elle accompagnait ses propos de gestes amples qui soulevaient le voile de son jupon.

— Aurore ! Quel bonheur de vous voir enfin ici !

— Tout le plaisir est pour moi. Et je reconnais d'autant plus être heureuse de pouvoir enfin profiter de la fraicheur de votre demeure.

— Il est vrai que le temps est particulièrement chaud. Mais c'est assez exceptionnel.

— L'exception confirmerait donc la règle, renchérit, ironique, Aurore Dupin.

— Sans doute, sans doute… Mais venez, que je vous offre de quoi vous sustenter.

Aurore Dupin sourit discrètement. La gourmandise faisait bel et bien partie des traits de caractère de Viviane Moutier. Son corps, loin d'afficher une allure valétudinaire, portait la marque de son goût pour la bonne chère.

— Et je vous ai prévu quelques jolies surprises !

Inquiète face à ce qui se profilait, Aurore Dupin se risqua à questionner :

— Et serait-il possible de savoir quel genre de surprise vous me réservez ?

Viviane Moutier sembla soudain particulièrement excitée.

— Vous verrez. Vous allez a-do-rer !

Aurore Dupin caressa son chat d'une main plus forte. Une surprise ! Tant que ce n'est pas celle qu'elle lui avait faite à Paris avec ce nouvel orchestre ! Il lui avait martyrisé les oreilles toute la soirée…

Son hôtesse poussa soudain un cri et tira Aurore par le bras. Une ombre glissa sur le sol à quelques pas seulement des deux femmes. Une couleuvre, à n'en point douter. La bête, effrayée, traversa le chemin et rejoignit vivement les fourrés. Son corps lisse brillait curieusement.

— Mon Dieu ! Quelle horreur ! Elles s'enhardissent ces derniers temps et se rapprochent de la maison avec cette chaleur.

Aurore Dupin frissonna. Elle songea au pouvoir qu'on attribuait parfois à ces animaux sortis du fond des âges. Ils représentaient chez les Celtes le savoir, la sagesse et la renaissance. Toutefois, cette apparition était-elle de bon augure ? …

*

La soirée s'annonçait des plus soporifiques. Aurore Dupin laissa échapper un soupir entre ses lèvres en s'installant dans le théâtre du cirque de la ville. Le bâtiment qui accueillait auparavant pièces et opéras situé place Charles X avait brûlé deux ans auparavant et un projet de reconstruction se trouvait à l'étude.

En attendant, comme le lui avait expliqué Viviane Moutier, les spectacles se déroulaient dans ce lieu.

Aurore Dupin sortit son éventail. Des effluves de parfum qu'elle tenta vainement de détourner lui parvenaient depuis sa voisine à la tenue chamarrée. L'air devenait tout juste respirable avec la baisse des températures.

Qui plus est, la vision de ce reptile tout à l'heure si proche de leurs talons hantait la vieille dame, sans pour autant qu'elle se l'expliquât. Les serpents pullulaient en campagne et elle avait eu maintes occasions d'en croiser sur sa route. Toutefois, l'auteure tentait de se remémorer les croyances qui se rapportaient à cet animal car un tel accueil ne pouvait être ignoré.

Agacée par sa mémoire chancelante, elle balaya ses pensées d'un revers de main avant de se plonger dans la réclame qu'elle avait négligemment conservée. Le titre de la pièce lui parut grotesque. « *La farce du Don Juan* ».

Tout un programme !

Son expérience dans le domaine du romantisme lui avait laissé quelques amertumes et une sagesse certaine.

« *L'une des meilleures pièces de notre temps* ». Ce commentaire élogieux qui ponctuait la feuille donnait l'impression à la lectrice qu'il était l'œuvre d'un jeune commis journaliste envoyé ici pour y faire ses armes.

— Vous allez voir, c'est for-mi-dable ! souffla Viviane Moutier.

Aurore Dupin lui adressa un sourire poli, loin d'éprouver le même enjouement, et suivit des yeux d'un air détaché les derniers spectateurs qui s'installaient. Comme les gens se montraient crédules ! Il suffisait d'une critique positive pour les voir se précipiter.

Aurore Dupin commençait à songer que le sommeil arriverait sans doute avant le dernier acte lorsqu'un homme attira son attention. Il se trouvait quelques rangées devant elle et ne cessait de se retourner vers l'entrée de la salle dont les portes grandes ouvertes laissaient encore passer le public. Il ne devait guère avoir plus de 30 ans. Ses cheveux blonds et courts ressemblaient à ceux des jouvenceaux encore accrochés aux jupons maternels. Une large moustache claire grignotait ses joues. Il devait être d'une taille certaine car son buste dépassait du siège.

L'expression de l'individu se modifia brutalement, passant de l'attente à la surprise et il se tassa sur lui-même comme pour disparaitre. Aurore Dupin vit alors un couple dépasser son rang et s'assoir devant elle, sur sa droite. Un autre homme les suivait et s'adressait par intermittence au mari.

Même s'il ne lui était pas simple de les observer, elle réussit à dresser un tableau proche de ce qui devait s'approcher de la réalité.

La jeune femme, la vingtaine, portait une tenue des plus élégantes. Ses gants immaculés dissimulaient des mains fines.

Des reflets roux parsemaient ses cheveux châtains et ses yeux sombres paraissaient éviter les regards. Son attitude introvertie contrastait avec celle de son époux, dont les gestes et la posture physique laissaient percevoir une fatuité qui déplut immédiatement à Aurore Dupin malgré une beauté et une stature sans pareilles.

Le troisième personnage ne cessait de se pencher vers l'époux en question et lui soufflait quelques propos que la jeune femme ne devait pas entendre mais desquels elle paraissait se moquer éperdument. Comme dans un autre univers, elle patientait. La tristesse qui émanait de cette si jeune dame fendait le cœur de l'écrivaine. Voici un personnage qui aurait pu inspirer « Gabriel ». Son comportement cachait-il un chagrin d'amour ?

— Il s'agit du très prometteur Antoine Dumesnil.

Aurore Dupin se tourna vers son amie.

— Pardon ?

— Le couple que vous semblez observer depuis un instant, vous ne l'avez pas reconnu car il est probable que sa toute nouvelle notoriété ne vous soit pas parvenue jusqu'au Berry.

— Je vous remercie pour votre commisération…

Sans prendre gare au ton ironique de son interlocutrice, Viviane Moutier poursuivit :

— C'est normal. Il a publié l'an passé un roman tout simplement sublime. « *L'abime des âmes* ». Je vous l'aurais bien prêté mais il se trouve chez l'une de mes amies qui doit me le rendre prochainement. Si nous en avons l'occasion, je vous le laisserai en lecture. Il s'agit d'un livre des plus troublants mais d'une telle sensibilité.

— Sensibilité ? Cet homme ?

— Ne vous laissez pas tromper par les apparences. C'est un bel homme, mais d'une grande tendresse et surtout avec sa jeune épouse, Aude Dumesnil. Elle est muette, la pauvre, suite à une maladie dans son enfance. Il faut dire que sa santé est des plus fragiles. Antoine

Dumesnil devrait publier prochainement son second livre et se trouve être le favori pour le prix littéraire qui doit être remis à Angers à la fin du mois. Cela fait partie des surprises que je vous réservais : pouvoir assister à la cérémonie. D'autant plus, je suis certaine que tous ces messieurs seront ravis de compter parmi les invités un écrivain tel que vous !

— Ces messieurs n'ont pas toujours tous été prompts à vouloir me reconnaitre comme l'une des leurs.

— Tout ceci fait partie du passé. Nous vivons la modernité dorénavant.

— Nous avons encore un long chemin à parcourir, au contraire. Et ce n'est pas demain que les femmes pourront enfin voter car, pour pouvoir le faire, encore faudrait-il que leur voix soit réellement considérée comme l'égale de celle des hommes…

Aurore Dupin se perdit dans la contemplation du jeune auteur. Antoine Dumesnil, avec ses cheveux clairs, sa mâchoire carrée et volontaire qu'il caressait nonchalamment et son sourire de circonstance, lui donna l'impression d'un homme tout sauf tendre.

— Et concernant leur voisin ?

Son amie grimaça un court instant avant de se rapprocher d'Aurore Dupin afin de ne pas être entendue.

— Joseph Jossiot, le concurrent de Roger Balanquin, éditeur officiel d'Antoine Dumesnil. Il lui tourne autour comme une mouche autour d'un pot de miel.

— Ne sont-ce pas les abeilles qui tournent autour du miel ?

Viviane Moutier lui lança un coup d'œil entendu.

— Je trouve que l'image de la mouche lui correspond mieux. Il fait d'ailleurs partie du comité du prix littéraire angevin.

Des cheveux noirs et ondulés malgré une volonté visible de les plaquer, un pince-nez qui s'enfonçait sur des joues roses striées de rides et de marques liées sans doute à quelque maladie passée, et des lèvres serrées qui ne s'entrouvraient que pour souffler quelques secrets. Rien chez cet individu ne lui inspirait confiance.

Joseph Jossiot s'interrompit et balaya l'assistance du regard. Il s'arrêta un instant sur Aurore Dupin à qui il offrit un sourire puis retourna à sa conversation.

La dame ne put s'empêcher de se redresser pour tenter de voir ce qu'était devenu l'étrange jeune homme aperçu avant l'arrivée de l'auteur. Il semblait avoir conservé la même position, caché autant que faire se peut et immobile. Était-il passé de vie à trépas ?

Aurore Dupin se secoua. Retrouver un mort à la fin de cette pièce, si cela devait arriver, il ne pourrait s'agir que d'elle. Et elle aurait été tuée par l'ennui !

Les lumières diminuèrent encore et les trois coups furent frappés. Le spectacle allait commencer. Finalement, avec ce peu de luminosité, si les acteurs ne se montraient pas trop bruyants, elle pourrait toujours prendre un court repos avant de rentrer à Sainte-Gemmes-sur-Loire.

*

Aurore Dupin fut tirée de son lit par un immense soleil dont les rayons pénétraient par les interstices des rideaux légèrement fermés. Une douce façon de se réveiller. Dans le ciel, les nuages prenaient des formes étranges, animales. Cette paréidolie, illusion furtive, lui arracha un sourire.

Elle s'apprêta et jeta un rapide regard au miroir de sa coiffeuse. Elle sentait le poids des années sur son corps. Toutefois, l'écrivaine ne put retenir un sourire en constatant le caractère impavide de certaines choses. Son nez aquilin et ses lèvres épaisses s'inscrivaient dans un visage tout en longueur. Ses mains fines et blanches trahissaient une activité quotidienne d'écriture, renforcée par la présence d'une ultime et récalcitrante tache d'encre sur son index.

La fatigue du voyage et de cette soirée des plus ennuyeuses se faisait encore sentir. Malgré tout, l'envie de profiter de cette belle journée et du calme de cette région la motiva à rejoindre Viviane Moutier sur la terrasse où était déjà dressé le petit déjeuner.

Son amie l'accueillit avec une joie toujours identique et lui tendit les bras.

— Ma chère Aurore ! Vous voilà debout ! Avez-vous bien dormi ?

— Très bien, je vous remercie.

Elle s'installa face à Viviane et observa le jardin qui s'étalait devant les deux femmes. Des parterres de rosiers parfaitement entretenus dressaient comme une limite à ce qui devait servir de petit jardin. Derrière, s'alignaient des plantes diverses et plus loin encore, « la petite forêt », comme se plaisait Viviane à nommer cet espace boisé, offrait une promesse de fraicheur. Des sièges y étaient d'ailleurs installés et la perspective de pouvoir s'y reposer lorsque la chaleur se montrerait trop étouffante lui sembla terriblement attrayante.

— Je crois bien avoir rêvé à quelques dons juans suite au spectacle d'hier soir, pouffa Viviane.

Aurore se saisit d'un petit pain, retenant un sourire.

Son amie avait perdu son époux depuis plus de dix ans maintenant et vivait grâce aux biens qu'ils possédaient. Leur fils unique, Benjamin avait suivi des études à Paris et y exerçait maintenant la profession d'avocat. Toutefois, il devait prochainement rentrer et s'installer en ville pour proposer ses services aux riches bourgeois angevins.

Aurore Dupin conservait un merveilleux souvenir de cet enfant qui jouait avec son fils et sa fille lors d'une visite des Moutier dans sa propriété de Nohant. Il se montrait calme et sérieux et faisait souvent preuve d'une extrême sagacité qui l'avait étonnée à plus d'une occasion. Elle serait enchantée de pouvoir le revoir s'il revenait avant qu'elle ne parte.

L'hôtesse déplia le journal intitulé «L'Ami du peuple» et sembla perdue un court moment dans la lecture des gros titres.

Aurore Dupin s'en amusa ouvertement :

— Je ne vous savais pas si friande de potins.

— Oh non ! Ce sont des nouvelles. Et je ne fais que parcourir rapidement les principales annonces. Cela me permet de me tenir informée de ce qui se passe en ville et ne pas me présenter comme une campagnarde.

La jeune bonne approcha et commença à débarrasser la vaisselle du petit déjeuner. Le comportement de cette employée intrigua Aurore Dupin. Ses gestes semblaient mal assurés mais sa posture laissait paraitre une grâce naturelle.

La dame scruta ses gestes. Ses mains lui donnèrent l'impression de ne pas avoir été habituées tôt aux travaux difficiles. Elle avait une certaine prestance lorsqu'elle se tenait debout qui contrastait avec la femme de chambre ou même la cuisinière de la maison qu'Aurore Dupin avait eu l'occasion de croiser.

Avait-elle occupé par le passé un poste de gouvernante ? Avait-elle perdu son emploi de manière brutale et du fait d'actions méprisables pour se retrouver ainsi à des besognes plus basses qu'elle n'eût connues ?

Un cri tira Aurore Dupin de ses réflexions. Viviane Moutier s'était agrippée à la page de son journal et paraissait ébranlée.

— Que vous arrive-t-il, ma chère amie? Auriez-vous vu Georgeon[1] ?

— Pour peu, je pourrais dire que je viens de voir un homme qui l'a peut-être rejoint si tant est qu'il ait commis le moindre crime dans sa vie.

Elle posa le journal devant Aurore Dupin et indiqua une photo.

— Roger Balanquin. Nous en avons justement parlé hier au théâtre.

— J'ai quelques souvenances de la soirée, mais aucun concernant un homme de ce nom.

---

1 Georgeon était le diable de la partie du Berry que l'on appelle « Vallée Noire (Philippe B. de l'Arc–Sorcellerie en Berry (free.fr))

Aurore Dupin sortit son pince-nez pour observer davantage l'article.

— Il est l'éditeur d'Antoine Dumesnil et aurait été retrouvé mort chez lui ce matin. L'auteur aurait été le dernier à l'avoir vu vivant.

Un bruit de vaisselle fit sursauter les deux amies. La bonne tentait de remettre les tasses qui venaient de tanguer dangereusement. Cette dernière baissa les yeux.

— Jeanne ! Que vous arrive-t-il ?

— Pardon, Madame.

Elle repartit vers l'intérieur de la maison précipitamment.

— Je ne sais pas si j'ai bien fait de recruter cette jeune femme.

— Elle ne convient pas ?

— Disons qu'elle a de très bonnes manières mais l'habileté lui fait défaut et je ne parle pas de la rapidité.

— N'avez-vous pas demandé des recommandations ?

Viviane Moutier soupira.

— Elle ne pouvait en présenter aucune malheureusement. Elle a perdu toute sa famille dans un terrible accident. Leur maison a brûlé et il lui a fallu venir en ville pour trouver du travail. Je n'ai pas voulu affliger davantage cette pauvrette en la questionnant sur les circonstances exactes du drame. Et puis… Elle m'a fait pitié. J'ai voulu l'aider. Je suis trop bonne, que voulez-vous…

Et trop modeste, songea Aurore Dupin. Elle reporta toutefois son attention sur la feuille et tressaillit en voyant de plus près le portrait du défunt. L'homme qu'elle avait remarqué la veille et qui paraissait chercher à se cacher lorsqu'était arrivé le couple Dumesnil, apparaissait en gros plan en première page du journal. Elle parcourut rapidement les quelques lignes qui expliquaient les conditions du décès.

Passionné par les reptiles, il possédait quelques spécimens rares de serpents. L'un d'entre eux se serait échappé et l'aurait mordu. Saisi par le venin, l'homme se serait effondré et aurait heurté le coin d'un meuble. Il serait mort sur le coup. Toutefois, la police souhaitait s'entretenir avec Antoine Dumesnil, le dernier à s'être rendu chez l'éditeur après le théâtre.

— Roger Balanquin aimait les serpents ?

— À ce que j'ai cru comprendre. Il venait aussi du Berry m'a-t-on dit. Il semble qu'il ait toujours eu une attirance pour ces animaux.

— Vous le connaissiez ?

— Oh, très peu ! Juste ce que l'on entendait à son sujet en ville. Il a grandi à Châteauroux et travaillait dans un journal. Mais il avait l'ambition de créer sa propre maison d'édition. Son souhait s'est vu comblé en rachetant les parts d'un ancien éditeur. La maison était petite et il en vivait bon an mal an. Jusqu'à l'année passée. Il a fait la connaissance d'Antoine Dumesnil qui lui a soumis son manuscrit. On dit que celui-ci l'a tant aimé qu'il s'est précipité chez le jeune auteur pour lui faire signer rapidement le contrat et lancer les impressions de l'ouvrage. Antoine Dumesnil était déjà connu des cercles car il est issu d'une vieille famille de la ville. Il a pu ainsi faire parler de son travail et les livres ont été vendus très vite. Il est même monté à Paris dit-on pour rencontrer de grands auteurs. Vous ne l'avez vraiment jamais croisé ?

— Je ne suis que très peu allée à Paris ces derniers temps… En tout cas, voilà une histoire bien triste. Un homme en pleine réussite, foudroyé de cette manière.

— Il est effectivement dommageable qu'ayant ce genre de… bêtes chez soi, il ne se soit pas montré plus prudent. Personnellement, je crois que je m'assurerais qu'elles soient enfermées à chaque minute du jour et de la nuit…

Aurore Dupin resta songeuse. Elle n'avait pas coudoyé ce genre d'animal, ni même des collectionneurs tels que Roger Balanquin mais il lui semblait pertinent de se montrer extrêmement vigilant face à un tel danger potentiel.

Viviane Moutier poussa un long soupir :

— J'espère que toute la lumière sera faite rapidement sur cette affaire. Il serait dommage que le moindre soupçon entache la réputation d'Antoine Dumesnil à quelques jours du prix…

Chapitre 2

Jeanne Tusseau s'écarta rapidement de la route tandis qu'un fiacre la croisait sans même avoir cherché à ralentir. Elle poussa un soupir et secoua son jupon. Retrouver ses anciennes tenues ne la réjouissait guère. La jeune femme avait fait tellement d'efforts pour oublier son passé qu'enfiler de tels vêtements lui était insupportable.

Or, elle n'avait pas le choix. Les portes resteraient closes si elle se présentait en tant que bonne.

Jeanne se réconforta en voyant qu'elle n'avait que peu changé physiquement en deux ans et qu'elle entrait encore dans ces vieilles robes déjà surannées.

Elle se pressa de rejoindre l'imprimerie. Madame Moutier lui avait exceptionnellement accordé sa matinée et il n'était pas question de perdre du temps en inanité.

Elle se plaça devant la porte dominée par une large enseigne « Imprimerie angevine »

« Pourvu qu'Hugo y travaille encore ! »

Mais la reconnaitrait-il ? Il y avait si longtemps qu'elle ne l'avait pas vu. Un passé, une autre vie... Toutefois, elle avait pressenti le danger qui menaçait. La mort de Roger Balanquin l'obligeait à agir. Son instinct l'avait rarement induite en erreur. Cette fois encore, il lui semblait évident qu'une histoire bien plus complexe se tramait derrière le décès prétendument accidentel de l'éditeur.

Pour ce faire, elle ne pouvait être seule. Son travail de domestique l'empêchait de se déplacer aussi facilement et mener une enquête depuis Sainte-Gemmes-sur-Loire se révélerait bien trop fastidieux. D'autant plus avec la présence d'Aurore Dupin.

Jeanne Tusseau avait bien envisagé de lui parler, la sachant instruite de l'univers de l'édition. Mais elle s'était retenue d'agir aussi sottement. Comment aurait-elle expliqué sa situation et les raisons de ses inquiétudes ? Mieux valait s'en tenir à une enquête personnelle. Seul Hugo serait en mesure de lui venir en aide...

Elle en était là de ses réflexions lorsque la porte s'ouvrit brutalement. Un homme, en redingote et chapeau haut-de-forme en sortit. Il lui jeta un regard surpris puis ses yeux semblèrent exprimer du plaisir et il la salua en souriant avant de lui céder le passage.

Gênée, Jeanne se pressa d'entrer et se trouva face à une vaste salle bruyante. Ses mains se mirent à trembler. Non seulement elle s'apprêtait à retrouver une vieille connaissance et ne savait nullement comment il réagirait en la voyant, mais elle avait maintenant conscience de l'image d'aristocrate qu'elle renvoyait, ce qui la mettait terriblement mal à l'aise. Un sentiment d'imposture la tourmentait. Il lui fallait rester discrète.

Elle interpela un jeune ouvrier et demanda si Hugo Malmaison travaillait toujours à cet endroit. Le petit acquiesça et lui indiqua un coin de la salle.

Elle vit alors la haute silhouette de celui qui fut son ami d'enfance et compagnon de jeu. Elle hésita et l'envie de quitter les lieux avant qu'il ne la voie se fit très forte. C'est alors qu'il leva les yeux et regarda dans sa direction. À sa vue, il se figea.

Il n'avait pas changé. Un regard vif et perçant, des cheveux qui ondulaient malgré la casquette dont la marque striait son front brillant de chaleur. Grand, élancé… Son visage émacié ne manquait pourtant pas de charme. Une cicatrice sur la tempe rappelait une mauvaise chute qu'il avait faite en la suivant, enfant, dans des jeux bien trop risqués alors. Mais il ne lui avait jamais fait de reproche et n'avait jamais paru lui en tenir rigueur.

Jeanne Tusseau inspira et s'avança parmi tous les employés. Elle se posta devant le garçon qui la dévisageait, étonné. La jeune femme eut le sentiment que ce n'était pas la seule émotion qu'il ressentait et que ce qu'elle lisait dans ses yeux n'était pas forcément plaisant. Elle soutint ce regard et finit par rompre le silence qui perdurait.

— Bonjour Hugo. Cela fait bien longtemps.

Il la fixa avant de répondre sèchement.

— Ouais…

— Pas assez apparemment.

— Qu'est-ce que vous faites là ? J'ai du travail.

— Je suis venue parce que j'aurais besoin de ton aide.

Le jeune homme lâcha d'un ton rogue :

— De mon aide ? J'avais cru comprendre que vous aviez besoin d'aide de personne. D'ailleurs, j'croyais pas vous revoir ici et encore moins dans c'genre de vêtements. La dernière fois que j'vous ai aperçue, vous abandonniez ces tenues pour changer de vie.

— J'avais besoin de partir. Je devais partir.

— Et abandonner vos amis !

— Je ne t'ai pas abandonné… Et cesse de me vouvoyer. C'est fini tout ceci entre nous.

Il la toisa et se remit à plier les feuilles de journal.

— Mam'selle, j'ai pas les moyens de perdre mon emploi alors à moins que vous m'disiez au plus vite en quoi j'pourrais cette fois vous être utile, j'vous demanderais de m'laisser tranquille.

— Je viens pour Aude.

Le geste de l'ouvrier resta suspendu.

— J'crois pas non plus que Madame Dumesnil ait besoin de mon aide.

— Au contraire ! Je crois, moi, que sa vie pourrait être en jeu.

Elle baissa la voix.

— Tu as entendu parler de la mort de Roger Balanquin, l'éditeur d'Antoine Dumesnil.

— J'vois pas le rapport.

— Antoine Dumesnil est le dernier à avoir vu vivante la victime. Je suis certaine que des secrets existent entre eux et que ceux-ci peuvent avoir des répercussions sur notre chère Aude.

— Notre chère Aude…

Le ton se voulait des plus caustiques mais Jeanne ne releva pas et poursuivit son idée.

— Nous sommes ses amis et l'amitié ne s'efface pas à cause de certaines… prises de distance. Si Aude a besoin de nous…

— Madame Dumesnil a besoin de personne. Comme vous, après son mariage, sa porte s'est fermée. J'ai compris la demande et j'm'en suis allé d'mon côté.

La jeune femme sentit que la victoire lui échappait. Elle osa un dernier argument.

— Te souviens-tu de notre première rencontre ?

Hugo Malmaison ébaucha un sourire.

— Hum…

— Nous n'avions pas huit ans. Tu venais déposer les œufs de la ferme de tes parents et j'ai osé les critiquer, les estimant bien petits. Tu m'avais alors répondu sèchement que je ne devais pas être experte dans ce domaine.

— Vous avez toujours eu la langue bien pendue.

— Et tu m'as toujours remise sur le bon chemin. Et aujourd'hui encore, j'ai besoin de toi, vraiment…

Le jeune homme se saisit du paquet de feuilles.

— Vous avez besoin de personne. Vous m'l'avez bien fait comprendre ! Maintenant, j'aimerais pouvoir continuer ma route.

Il tourna ensuite les talons, abandonnant Jeanne Tusseau au milieu de la salle.

Elle soupira devant l'entêtement du jeune homme mais ne pouvait que comprendre sa réaction.

Qu'à cela ne tienne ! Il lui fallait suivre son intuition et cette dernière lui disait d'enquêter car nul doute qu'Antoine Dumesnil obtiendrait les soutiens nécessaires pour étouffer l'affaire.

Restait à savoir quelle affaire il désirait surtout ne pas voir s'ébruiter…

*

Benjamin Moutier patientait dans le salon. Il observa avec attention les quelques tableaux qui ornaient la pièce. Des portraits essentiellement de Monsieur Dumesnil certainement. Une seule peinture représentait un couple. Cela amusa le jeune avocat qui ne put s'empêcher d'imaginer le nouvel auteur quelque peu narcissique.

Benjamin Moutier tapa le rebord de son chapeau pour faire tomber les poussières accumulées par le voyage. De ses cheveux bruns et courts s'échappaient quelques gouttes de sueur. Il passa sa main sur sa moustache qu'il lissa avant de sortir un mouchoir et d'éponger son front. Ses joues glabres et d'un rose juvénile contrastaient avec cet air sérieux et affable que ses yeux clairs renvoyaient. Un costume ajusté mettait parfaitement en valeur sa silhouette athlétique. Il jeta un coup d'œil à ses chaussures cirées de la veille et sur ses lèvres rouges s'étira un sourire satisfait.

Il avait fait la route depuis Paris et avait reçu une invitation d'Antoine Dumesnil à se présenter chez ce dernier dès son arrivée. Le bruit de l'installation de l'avocat en ville s'était répandu si rapidement que Benjamin Moutier en était encore tout étonné. Il le devait sans doute à sa mère qui avait dû colporter la nouvelle du retour de son fils à toutes ses amies.

Et d'après l'express transmis par l'auteur avant de prendre le train, il semblait qu'une première affaire lui serait déjà proposée.

De mémoire, il pensait avoir croisé par le passé Antoine Dumesnil dans quelque soirée mondaine mais n'avait gardé de l'homme aucun souvenir précis. Aimable, faisant preuve d'urbanité, mais pas de conversation qui aurait pu retenir l'attention du jeune maitre.

L'horloge se mit à sonner 11h30. Il espérait que cet entretien ne se prolongerait pas outre mesure. Son souhait de surprendre sa mère pour le déjeuner ne tolérait aucun retard et la fatigue accumulée par un départ matinal lui donnait d'autant plus envie de retrouver la maison familiale.

Bien des dispositions devaient être prises afin que son cabinet puisse être ouvert et qu'il s'installe dans le logement qu'il avait réservé en ville. Sa mère en prendrait sans doute ombrage mais il lui était apparu plus simple ainsi de se rendre disponible auprès de sa clientèle qui n'avait pas d'heure pour être reçue, d'après son expérience.

La porte s'ouvrit brusquement et fit se lever prestement l'avocat. Deux individus entrèrent dans le salon. Le plus jeune s'avança, la main tendue vers Benjamin.

— Mon ami ! Quel plaisir de vous revoir !

Visiblement, Antoine Dumesnil avait une bien meilleure mémoire que lui. L'auteur lui serra les doigts tout en lui offrant un large sourire. Ses pupilles marron brillaient d'une étrange lueur et l'enjouement qu'il affichait paraissait excessif. Ses cheveux blonds s'agitaient à chaque mouvement de tête. Son visage allongé s'achevait sur une mâchoire particulièrement marquée par des os saillants.

Il devait faire une demi-tête de plus que Benjamin et dressait le buste comme pour amplifier cette différence.

— Merci infiniment d'avoir accepté ma demande si promptement. Laissez-moi vous présenter mon père, Philippe Dumesnil.

Benjamin Moutier s'inclina légèrement devant l'homme. Bien plus vieux que les deux jeunes gens, il faisait montre de condescendance et dévisageait sans gêne de ses yeux gris l'invité. Une moustache poivre et sel remontait sur des joues rondes. Trop replet et compassé pour être beau, sa physionomie, loin d'être famélique, rappelait les portraits de certains monarques forts bien pourvus en bonne chère.

— J'ai cru comprendre que l'affaire était urgente.

Antoine Dumesnil sourit davantage encore et secoua la tête, gêné.

— Urgente, ceci me semble excessif. Il est fort possible que toute cette histoire soit rapidement oubliée. Toutefois, comme le dit l'adage « Mieux vaut prévenir que guérir ». Mon père m'a fortement conseillé de prendre attache auprès d'un avocat. Ayant su par quelques connaissances communes que vous veniez vous installer ici-même, à Angers, pour exercer votre profession, j'ai immédiatement pensé à vous. Votre réputation parisienne vous a précédé.

Réputation fortement enjolivée par Viviane Moutier, sans doute... Benjamin se contenta d'acquiescer tandis que les trois hommes s'installaient dans les fauteuils.

— Et de quoi s'agit-il ?

Antoine Dumesnil échangea un regard avec son père. Ce dernier toussa avant de prendre la parole.

— Roger Balanquin a été retrouvé mort hier matin. Il s'agissait de l'éditeur de mon fils.

— Comment est-il mort ?

— Apparemment d'une morsure de serpent.

— Un accident ?

— Pas exactement...

Ce suspens était, aux yeux de l'avocat, totalement inutile et déplacé mais il tenta de n'en rien laisser paraitre.

— Pas exactement ?

— Monsieur Balanquin collectionnait des serpents très dangereux et ce depuis des années. Il se montrait extrêmement prudent avec ses bêtes qu'il connaissait parfaitement. Or, la police a trouvé sur place des papiers.

Benjamin Moutier fronça les sourcils.

— Quels papiers ?

— Des faux... Roger Balanquin avait investi des sommes importantes dans diverses actions, pensant sans doute que la chance qu'il avait eue avec mon fils ne s'arrêterait pas en si bon chemin. Or, ses investissements ont été malheureux. Il s'en est confié à Antoine.

L'auteur s'était levé et arpentait la pièce.

— Il m'a demandé de le rencontrer après le théâtre, il y a deux jours de cela. Il voulait m'expliquer avoir commis un impair et se trouver dans une situation gênante financièrement. Ce qui a provoqué une vive colère chez moi. Il avait perdu l'argent gagné et mettait en danger la publication de mon prochain roman. J'ai donc ordonné de récupérer le manuscrit et, sans vouloir en entendre davantage, je suis parti. Ce qui fait de moi, le dernier à avoir parlé à Roger Balanquin.

— Il nous semblait clair qu'il s'était sans doute suicidé en prenant l'un de ses serpents. Or, la police a souhaité enquêter et c'est pourquoi j'ai suggéré à mon fils de vous contacter.

Benjamin Moutier fit tourner son chapeau entre ses doigts, pensif.

— Comprenez que la situation actuelle d'Antoine ne tolérerait aucune rumeur qui pourrait porter préjudice à sa carrière en plein envol.

L'avocat leva la tête et s'adressa à l'auteur :

— Roger Balanquin vous a-t-il fait part d'un désespoir tel qu'il l'aurait amené à commettre l'irréparable ?

— Il m'a donné l'impression d'être particulièrement nerveux et agité mais ne m'a pas suggéré une telle chose.

— Vous êtes-vous battus ?

— Certainement pas !

— Les faux dont vous parliez, qu'est-ce ?

— Des fausses actions. Il se pourrait que pour sauver son entreprise, il ait envisagé de frauder.

— Ces documents sont toujours chez l'éditeur ?

— Il me semble que la police les a pris afin de tenter de déterminer d'où ils viennent.

— Vous les a-t-il montrés ?

— Il ne les a même pas mentionnés lors de notre échange. Peut-être était-ce son intention, mais je ne lui en ai pas laissé le temps.

— Dans ce cas… Je crois qu'en effet, vous ne risquez pas grand-chose.

L'expression d'Antoine Dumesnil se détendit aussitôt comme s'il venait d'entendre le diagnostic favorable d'un docteur en médecine.

— J'en étais certain !

— Toutefois…

L'auteur se raidit de nouveau.

— Je vous propose de mettre mon savoir à votre service. Je vais m'assurer que l'enquête arrive aux mêmes conclusions afin que vous ne soyez pas ennuyé.

Antoine Dumesnil offrit une poignée de main.

— Et vous en serez largement récompensé, croyez-moi !

Son visage se fendit en un étrange et inquiétant sourire.

*

Les hautes maisons bourgeoises se succédaient sur l'immense boulevard. Des constructions réalisées si rapidement qu'elles donnaient l'impression à Jeanne Tusseau de s'apparenter à des champignons. Toutes semblaient former un ensemble homogène et remplaçaient parfaitement les anciens remparts de la ville, détruits sous Napoléon.

De nouvelles demeures sortaient encore de terre et il paraissait évident qu'elles ne seraient pas les dernières. À quoi ressemblerait donc la ville d'Angers dans cent ans ? À ce rythme-là, les campagnes seraient à leur tour « mangées » par les bâtiments et se verraient privées de leurs terres.

Toute à ses pensées, Jeanne Tusseau ne prêta pas attention au trajet et se retrouva rapidement face à l'immeuble de Roger Balanquin et de son bureau d'édition.

La jeune femme sentit de nouveau la nervosité l'envahir. Trouverait-elle les mots justes ?

Elle serra les poings, prit une grande inspiration et frappa à la porte. Des bruits de pas lui parvinrent depuis l'intérieur et une femme se présenta.

— Oui ?

La logeuse portait sur le visage les traces des tracas qu'elle subissait depuis la veille. Son sourire tendait à partir vers le bas de ses joues tombantes et ses traits étaient tirés. Jeanne s'arrêta sur la peau tavelée et ridée de ses mains. Depuis quand travaillait-elle ici ? Elle semblait avoir l'âge de la demeure…

La femme pencha la tête et répéta sa question sur un ton plus doux, tirant ainsi Jeanne Tusseau de ses rêveries.

— Que puis-je pour vous ?

La jeune domestique tressaillit.

— Pardon. Je souhaiterais voir l'appartement de Monsieur Balanquin. J'ai appris pour sa mort. C'était une connaissance et j'aurais aimé me recueillir un instant.

Le discours s'était échappé de ses lèvres avec vélocité. Elle ne voulait surtout pas prendre le risque de bafouiller et manquer l'opportunité d'entrer. Toutefois, en s'entendant ainsi parler, elle constata que l'argument manquait de crédibilité et qu'il n'allait pas être simple de convaincre la logeuse de la laisser passer.

Celle-ci jeta d'ailleurs un regard soupçonneux sur la visiteuse.

— Je comprends et croyez bien que je suis navrée pour Monsieur Balanquin. C'était un homme gentil.

L'émotion transparaissait dans sa voix et il parut évident qu'elle se retenait de pleurer.

— Toutefois, je vous proposerais plutôt d'attendre les obsèques. Ce sera plus approprié.

Jeanne Tusseau sentit l'opportunité lui échapper.

— C'est que... Je ne serai pas là pour son enterrement et...

— Je suis désolée, Mademoiselle...

La logeuse s'interrompit et fixa la jeune femme.

— Au fait, je ne vous ai pas demandé, quel est votre nom ?

Jeanne Tusseau leva des yeux chargés de désespoir.

— Je suis...

Elle sentit ses mains trembler de nouveau et une violente nausée monta à ses lèvres. Elle recula sans parvenir à prononcer un mot.

— Je... m'excuse de vous avoir dérangée.

Elle fit volte-face et marcha droit devant elle, sans oser se retourner. Le souffle lui manquait cruellement et elle se sentit défaillir. S'appuyant contre un mur, elle tenta de retrouver son calme.

Des larmes de rage se mirent à couler sur ses joues.

Les images de ses parents semblèrent sortir de la boite de Pandore dans laquelle elle s'évertuait à les tenir enfouies.

Elle serra ses poings sur ses tempes et ferma les yeux, afin de calmer les émotions qui la submergeaient.

Sa respiration reprit un rythme normal.

Les cloches de la Cathédrale Saint-Maurice se mirent à résonner. 12 coups retentirent.

Il était grand temps pour Jeanne de reprendre la route de Sainte-Gemmes-sur-Loire et d'être de retour pour le repas. Et surtout, ne pas se faire voir par Madame Moutier et son invitée dans cette tenue…

*

Ce premier contact avec sa région de naissance se présentait d'une bien curieuse façon. Benjamin Moutier replaça son chapeau tandis qu'il sortait de la haute maison bourgeoise. Un jeune ouvrier passa alors devant lui et lui jeta un étrange regard. Sa haute silhouette n'était pas dénuée de force et de puissance et devait attirer bien des attentions chez les demoiselles. Une cicatrice se dessinait sur le côté de son front. Il doubla rapidement Benjamin et vint frapper à la porte des Dumesnil tandis que l'avocat montait dans le fiacre qui se mit rapidement en mouvement.

Benjamin laissa couler son regard sur les paysages qui se transformaient à mesure qu'il quittait Angers. Le véhicule le conduisait dans la demeure familiale et cette perspective l'enchantait. Il appréhendait toutefois les reproches que ne manquerait pas de lui formuler sa mère mais peu importait. Il lui semblait que ceux-ci glisseraient dorénavant sur ses épaules d'adulte.

La charge des terres de son père lui revenait et il s'en acquitterait au mieux. Toutefois, son métier d'avocat comptait énormément pour lui et l'abandonner était inconcevable. Il lui faudrait affronter les vindictes de la vieille dame mais les arguments prévus feraient certainement le bonheur de cette dernière. Après tout, ne se rapprochait-il pas enfin d'elle ?

Madame Moutier lui avait fait part de la venue d'Aurore Dupin. Le souvenir de cette amie perdurait dans l'esprit du jeune homme et un sourire s'étira sur ses lèvres. Il ne parvenait plus à retrouver les prénoms de ses enfants mais il comptait sur sa mère pour les lui rappeler.

L'entretien passé avec Antoine et Philippe Dumesnil repassait en boucle dans son esprit. Il ne parvenait pas à définir ce qui l'avait ennuyé au point d'envahir ses pensées. Les propos tenus par les deux hommes semblaient avoir été préparés. Le discours rodé, presque récité, ne manquait d'aucun détail. Tout était clair. Trop…

Il en était là de ses réflexions lorsqu'une silhouette se profila sur la route.

Il devina les courbes d'une demoiselle qui ne portait, pour se protéger du soleil, qu'un ancien chapeau passé de mode. Sa tenue marquait l'appartenance à l'aristocratie bien que certains détails détonassent comme la couleur passée de son jupon. Sans être expert modiste, il lui semblait que sa présentation manquait de cohérence.

Alors que le fiacre doublait l'inconnue, Benjamin croisa son regard. Il tressaillit devant ces yeux empreints de tristesse et de détermination. Des cheveux ambre tenaient sagement sous sa coiffe et encadraient un visage d'une rare douceur.

L'avocat ordonna d'arrêter le véhicule et descendit pour rebrousser chemin à pied.

Le voyant s'approcher, la demoiselle lui donna l'impression de ralentir l'allure, jusque-là soutenue.

Il ôta son chapeau tandis qu'il parvenait à sa hauteur. Un éclair de peur traversa les prunelles bleu-vert.

— Excusez-moi de vous aborder de cette manière mais je n'ai pu m'empêcher de me questionner sur votre destination. Il fait extrêmement chaud et vous voici à pied alors que je suis en voiture.

La demoiselle ne cilla pas. Benjamin insista :

— Je peux peut-être vous raccompagner et vous faire profiter de ce moyen de transport afin de vous éviter une route épuisante sous cette chaleur.

Elle écarquilla une seconde les yeux et la frayeur se lut sur tout son visage. Craignait-elle pour sa réputation ? Or, si crainte il devait y avoir, elle viendrait du fait de se promener sans chaperon. Une bien étrange situation pour une jeune femme qui ne devait guère avoir plus de 20 ans.

— Je vous remercie Monsieur, mais cette décision est mienne. La marche est une saine activité et je ne suis plus très loin de ma destination.

L'expression claire et soutenue confirma la prestance et les origines de l'inconnue. Toutefois, il nota un léger chevrotement dans la voix.

— Je comprends. Et où vous rendez-vous ainsi, Mademoiselle ?

— Je me rends chez une amie d'enfance, aux Ponts de Cé.

— Les Ponts de Cé ? Il vous reste encore bien des kilomètres à parcourir.

Il réfléchit un instant avant de questionner.

— Puis-je connaitre votre nom ?

Cette fois, la demoiselle recula d'un pas et ses yeux parurent éviter le regard du jeune homme.

— Je suis Jeanne… Jeanne de Vannier.

— De Vannier ? Cela ne me semble pas inconnu.

— Oh, c'est un nom fort courant en Anjou. Je m'excuse mais je dois vraiment repartir, sans quoi mon amie sera inquiète.

Elle le contourna et reprit sa marche. Benjamin Moutier hésita avant de la rejoindre.

— Pardonnez mon insistance mais Les Ponts-de-Cé se situent encore très loin. Comment se nomme votre amie ? Je la connais peut-être et pourrais profiter de vous accompagner pour la saluer.

— Je ne crois pas que vous la connaissiez. Elle est ellemême en visite chez sa tante.

— Et comment se nomme sa tante ?

— Sa tante…

Benjamin Moutier ne put se contenir davantage et partit d'un grand rire.

— Est-ce une idée que je me fais ou vous ne souhaitez pas me donner le nom de cette amie ?

La jeune femme leva la tête et fixa son regard clair dans celui de l'avocat.

— Je suis désolée, je me dois de refuser votre proposition. Je préfère marcher et certains chemins qui ne peuvent être empruntés par un fiacre me donnent pleine satisfaction. Je vous souhaite le bonjour Monsieur.

Elle partit sans se retourner et pressa le pas. Benjamin Moutier sourit et secoua la tête. Il détectait chez cette personne une force de caractère peu commune et aurait beaucoup aimé en savoir davantage sur elle. Toutefois, sa présence sur Angers lui offrirait peut-être l'occasion de la revoir. En tout cas, l'espérait-il sincèrement…

Chapitre 3

Antoine Dumesnil entra dans le salon sans prêter attention à son épouse qui y lisait. Il se servit un verre de whisky et souffla d'aise. Ses traits se détendirent légèrement et il s'installa dans le fauteuil face à la cheminée obscure.

Il paraissait perdu dans ses pensées. Aude Dumesnil posa lentement son livre sur le rebord de la table et hésita à s'approcher de son époux. Elle peinait à deviner ce qui le submergeait tant il paraissait lointain et distant.

Le matin même, il avait fait preuve de dureté à son égard. Or, elle se savait étrangère à son courroux et avait reçu les reproches sans ciller. N'était-ce point son habitude depuis deux années ? Elle vivait au rythme de ses sautes d'humeur qu'il justifiait par sa fibre littéraire et son âme torturée.

Dieu l'avait pourvu d'un don pour l'écriture afin d'exprimer toute l'intensité des émotions qui n'avaient cessé de le traverser. Tout du moins, étaient-ce les explications qu'il se plaisait à livrer à ses admirateurs, dorénavant nombreux.

Aude ressentit une légère amertume à cette idée et tapa légèrement du crayon sur le carnet qu'elle portait continuellement à la taille.

Une maladie d'enfance l'avait privée définitivement de sa voix et elle communiquait dorénavant par écrit. Ses oreilles fonctionnaient parfaitement mais sa bouche s'était définitivement scellée pour ne plus émettre de son.

Son mari leva la tête et lui offrit son plus beau sourire, celui-là même qu'il lui avait adressé lors de leur rencontre au bal organisé par ses parents. Antoine rentrait tout juste de Paris, où son père l'avait envoyé pour étudier. Le jeune homme avait perdu sa mère tout petit ce qui avait fait vibrer la corde sensible d'Aude.

Or, elle était liée à Martin Vannier, son tout premier amour. Les deux jeunes hommes se connaissaient depuis le collège et ne s'appréciaient guère. Et puis, il y avait eu ce scandale, cette affreuse histoire entre eux… et la fuite de Martin.

Aude Dumesnil ravala la boule qui se formait de nouveau dans sa gorge et fixa son époux.

— Oui, ma chère amie. Que puis-je pour vous ?

Elle nota rapidement sur son carnet quelques mots.

« Il va être l'heure de déjeuner. Votre père souhaite rester ? »

— Bien sûr ! Et nous avons des choses à célébrer.

Il avala sa boisson et se releva prestement, faisant claquer le verre contre la surface de la table.

— Nous avons reçu d'excellentes nouvelles ce matin. Notre « sauveur » nous a réconciliés avec la lumière du jour et Dieu nous conforte dans notre position bienheureuse.

« Qu'a dit votre avocat ? »

— Que nous n'avions pas à nous tracasser. Il nous a assuré que je ne risquais rien et ce, malgré le fait que je sois le dernier à avoir vu ce maudit Balanquin vivant.

L'écrivain se posta près de la fenêtre et se perdit dans la contemplation de la rue. Sa femme ne savait quoi penser. La mort de l'éditeur l'avait profondément choquée. Or, le sujet n'avait pu être évoqué depuis la veille tant ceci mettait son époux dans un état d'agitation intense. Le voyant dans de meilleures dispositions, elle osa pousser son questionnement :

« Que faisiez-vous chez Roger Balanquin ? »

Antoine laissa son regard trainer sur le papier que sa femme lui présentait. Il la fixa avant de répondre sur un ton sec.

— Vous prenez-vous maintenant pour la police ? Votre ennui serait-il tel que vous avez besoin de remplir vos journées avec des idées farfelues ? Il serait bon pour vous de nouer de nouvelles amitiés. Le passé est révolu et il faut savoir tourner la page.

Aude Dumesnil chancela face à ces propos qui faisaient remonter bien des souvenirs douloureux.

Son époux eut un rictus montrant que l'effet produit sur sa femme le satisfaisait. La voix de l'homme s'adoucit alors.

— Mais pour votre bon plaisir, je vous répondrais ce que j'ai déjà dit à la police. Je me suis présenté chez Roger Balanquin après avoir reçu un message de sa part qui me pressait de me rendre auprès de lui. Il avait quelques affaires à me confier, des affaires... malheureuses. Lorsque je l'ai quitté, il était en parfaite santé. C'est tout ce que vous avez à savoir.

Des coups furent frappés à la porte et une domestique se présenta pour annoncer que le repas était prêt.

Antoine prit sa femme par le bras et l'entraina vers la sortie.

— Soyez rassurée, tout ceci ne sera bientôt plus que de l'histoire ancienne. La passion nous fait vivre parfois des moments intenses qui nous inspirent. D'ailleurs, je crois que cette aventure me donnera quelques idées pour un troisième roman.

Aude Dumesnil fronça les sourcils et écrivit de nouveau :

« Un troisième roman ? »

— Certainement.

Il lui lança un regard étrange. La jeune femme frissonna devant l'air sardonique que prenait son expression.

— Il n'est pas question que cela s'arrête en si bonne voie...

*

Aurore Dupin observait les terres qui s'étendaient au-delà des murs de la propriété. Depuis sa chambre, il lui était possible d'admirer la beauté de ces paysages qui n'égalaient cependant pas celle de sa région. Mais il fallait avouer que l'Anjou ne manquait pas de charme.

Ses nombreux voyages l'avaient amenée à voir bien du pays, jusqu'à Majorque où elle avait séjourné dans des conditions fort précaires avec l'un de ses anciens amis : Frédéric Chopin.

Quoi qu'il en soit, la plénitude qu'elle ressentait à cet instant n'avait pas de prix. La douleur de la perte de son petit-fils la faisait encore trembler par moments. Viviane Moutier savait pertinemment ce que ressentait son amie et l'avait invitée ici dans le but de lui faire prendre quelque distance avec les blessures qui la hantaient toujours.

La vieille dame ferma les yeux et plongea dans des souvenirs plus lointains encore. Elle se revit à cheval sur Colette, sa première jument, ou au couvent, lors de représentations de théâtre qu'elle s'était vue organiser avec ses camarades...

L'évocation de ces pièces la ramena à l'article lu le matin même au sujet de la mort de l'éditeur. Aurore restait persuadée que l'homme qui tentait de dissimuler sa présence au théâtre était bel et bien Roger Balanquin. Mais pour quelle raison se cacher de cette manière ? Il devait rencontrer visiblement Antoine Dumesnil suite à la représentation. Pourquoi n'avait-il pas signalé sa présence ? D'autant qu'il semblait surveiller le couple et l'éditeur concurrent. Craignait-il de se voir enlever son auteur fétiche ?

« Quel curieux comportement... »

Une sonnette retentit et la tira de ses pensées. Alfred, couché sur un coussin, tourna ses oreilles, contrarié. Il daigna ouvrir un œil lorsque sa maitresse s'approcha de lui et lui caressa la tête.

— Mon cher Alfred, je vois que tu es trop occupé pour m'accompagner pour le déjeuner. Je pense que cette décision satisfera pleinement notre hôte. Non qu'elle déteste les animaux mais je crois que tu l'impressionnes.

Le chat bailla, las, avant de poser de nouveau sa tête sur ses pattes pour replonger dans le sommeil.

Aurore Dupin sortit de la chambre et se rendit dans le salon. La présence d'un jeune homme la surprit et l'arrêta sur le pas de la porte.

L'individu la vit et lui offrit un large sourire. Elle reconnut immédiatement Benjamin Moutier et s'approcha pour qu'il la salue.

— Madame Dupin, vous n'avez pas changé.

— Et vous Benjamin, vous êtes toujours aussi charmant. Attention à ne pas devenir flagorneur.

— Bien loin de moi cette idée. Sincèrement, je vous trouve toujours aussi rayonnante.

— Alors je vous remercie pour ce compliment et pour votre sincérité.

Viviane Moutier se tenait en retrait et ses yeux pétillaient de bonheur.

— Mais que faites-vous ici si tôt ? Votre mère m'avait informée de votre retour en Anjou prochainement mais elle ne vous attendait pas avant plusieurs jours.

— Je suis parvenu à me libérer plus vite que je ne l'aurais pensé et puis…

Il jeta un regard en direction de sa mère.

— Je devais prendre mes quartiers dans mon logement en ville.

L'expression de Viviane se modifia instantanément.

— Que voulez-vous dire par votre logement en ville ?

Le jeune homme parut légèrement embarrassé mais s'était visiblement préparé à cet affrontement et, en bon avocat, avait déjà prévu sa défense.

— Je vais devoir me rendre régulièrement à mon bureau et rencontrer des clients à des heures parfois tardives. Il m'est apparu plus confortable pour vous comme pour moi de rester sur Angers. Mais je vous rendrai visite très souvent et me chargerai des affaires de Père. Ne vous en préoccupez pas.

Viviane se retenait de répondre, sans doute en raison de la présence de son invitée. Benjamin lui prit les mains et déposa un baiser sur la joue.

— Le plus important n'est-il pas que je sois de retour ? Je serai toutefois présent ici quelques jours en attendant que mon logement soit prêt. Nous pourrons ainsi profiter de nos retrouvailles !

La dame finit par se dérider et se mit à rire.

— Je reconnais bien là mon enfant. Charmeur et malin ! Vous avez toujours su trouver les mots pour obtenir de moi ce que vous souhaitiez.

Elle secoua ses longs doigts comme pour signifier qu'il était temps de passer à autre chose.

— Mais vous devez être affamé et assoiffé. Aurore également ! Le repas doit être presque prêt. Je vais demander que l'on ajoute un couvert et que l'on nous serve une limonade.

Disant cela, elle agita une clochette. La bonne se présenta à la porte.

— Ah ! Jeanne, vous êtes rentrée. Rapportez donc un rafraichissement pour mon fils et notre invitée.

Benjamin se trouvait absorbé par l'analyse attentive d'une poterie qui trônait sur le buffet. Le visage de la jeune femme se tourna vers la silhouette masculine.

Ses yeux s'écarquillèrent et un trouble évident l'envahit. Aurore Dupin se mit à l'observer avec attention. Jeanne restait immobile, incapable de faire un pas. Qu'est-ce qui avait donc causé cette réaction ?

— Eh bien, ma fille ! Qu'attendez-vous ?

Benjamin pivota et se figea instantanément en voyant Jeanne.

— Pardon, Madame.

La petite se pressa de s'enfuir dans le couloir.

— Qu'est-ce qui peut bien passer par la tête de cette écervelée ?

Son fils semblait aussi interdit et eut besoin d'un temps avant de questionner sa mère.

— Qui est-ce ?

— Jeanne ? C'est une jeune femme que j'ai prise à mon service voilà quelques mois. Elle remplace Manon qui est partie avec son fiancé. Tu te souviens de Manon ?

— Jeanne vous dites ?

— Oui, Jeanne Tusseau. Pourquoi me demandes-tu cela ?

Il n'eut pas le temps de répondre. La domestique apparut de nouveau, un plateau à la main. Son teint diaphane effraya un instant Aurore Dupin et il lui parut probable que la jeune employée allait se sentir mal. Mais elle tint bon, déposa les verres et ressortit sans lever les yeux.

Viviane saisit les boissons et les tendit à son fils et à Aurore.

— Trinquons à ton retour !

Son enthousiasme contrastait avec la contrariété affichée par Benjamin. La curiosité faisant partie des qualités de l'écrivaine, elle se jura de comprendre ce qui se tramait entre ces deux jeunes gens qui avaient, semblait-il, quelque secret commun.

*

Jeanne Tusseau peinait à calmer les tremblements qui agitaient tous ses membres. Elle était parvenue à servir le repas sans croiser le regard de Benjamin Moutier mais il était évident qu'il l'avait reconnue. Tous deux avaient conversé à peine une heure plus tôt sur la route. Peu, il est vrai, mais suffisamment pour se rappeler leurs visages respectifs.

Cependant, elle ne comprenait pas ce qui avait retenu le jeune homme de la dénoncer immédiatement. La tenue qu'elle portait alors n'était pas celle d'une employée. Comptait-il l'interroger davantage après le déjeuner ? Ou la prenait-il déjà pour une voleuse et s'était-il mis en tête de la renvoyer dès la fin du repas ?

Si tel était le cas, ce serait une catastrophe pour la jeune femme. Lui faudrait-il dévoiler son identité au maitre de maison mais dans ce cas, comment réagirait-il ? Elle ne pouvait se permettre de perdre le refuge que lui offrait la demeure des Moutier.

Jeanne sentit les larmes monter à ses paupières mais les retint et essuya son visage avec sa manche. Elle se mit à frotter la vaisselle. Impuissante, elle ne pouvait qu'attendre la sentence.

Benjamin avait demandé à prendre un digestif et il ne tarderait sans doute pas à venir lui demander de partir.

— Jeanne ?

La voix masculine la fit sursauter et elle porta la main à son cœur, tant la peur le lui avait étreint.

L'homme s'avança prestement.

— Pardonnez-moi, je ne voulais pas vous effrayer.

Il se plaça face à elle, tel qu'il l'avait été quelques heures plus tôt. Elle tenta de contrôler ses mains qui s'agitaient nerveusement, ce qui n'échappa pas à l'avocat. Il pinça les lèvres avant de reprendre.

— Je ne pensais pas vous revoir si vite…

Jeanne songea aux mensonges qu'elle avait formulés et détourna la tête. Elle n'avait aucune explication à fournir. Ou tout au moins aucune explication qu'elle se sentait prête à donner.

— Comme cela, la tante de votre amie est… ma mère.

— Monsieur, je…

— Mademoiselle Tusseau, ce n'est pas que je veuille vous mettre dans l'embarras mais vous travaillez pour ma mère qui est une femme charmante mais pour le moins crédule. Je me dois de m'assurer que ceux qui l'entourent et s'emploient à son service sont des personnes de confiance.

Jeanne Tusseau leva des yeux désespérés vers Benjamin Moutier. Ce regard manqua l'amadouer tant il y lisait de peine. Toutefois, il maintint son attitude stricte et patienta. La jeune femme imagina que ce devait être le comportement adopté par l'avocat face à d'éventuels témoins récalcitrants, ce qui la fit frémir.

— Monsieur, je vous assure que je suis une personne honnête et travailleuse. Votre mère a eu la bonté de me prendre à son service alors même que j'avais peu d'expérience et me trouvais dans une situation embarrassante. Jamais je n'aurais l'outrecuidance de la tromper.

Benjamin restait silencieux. Il affichait une attitude songeuse, sans doute en quête d'hypothèses quant à l'identité de cette jeune femme.

Des pas les interrompirent et ils virent apparaitre Aurore Dupin qui entra à son tour dans la cuisine, son vieux chat dans les bras.

— Il me semble que ce n'est pas un endroit pour discuter, ne croyez-vous pas ? Benjamin, auriez-vous la gentillesse de me conduire au jardin ? Votre mère est partie s'étendre après le repas et j'aurais aimé profiter de l'ombre des pins.

Le jeune homme hésita avant d'acquiescer.

— Jeanne, vous nous apporterez un thé, je vous prie, ajouta Aurore Dupin.

La domestique souffla, temporairement soulagée. Or, il y avait peu de probabilité que cette histoire se termine ainsi.

Elle prépara son plateau et rejoignit le jardin tandis qu'Aurore Dupin s'était installée sur l'un des bancs de la

« petite forêt ». La jeune bonne déposa les deux tasses et s'apprêtait à se retirer lorsque l'invitée la pria de rester.

— Asseyez-vous, je souhaite échanger avec vous.

Quelque peu troublée, Jeanne s'installa sur l'une des chaises face à Benjamin Moutier. Lui-même parut surpris par cette requête mais n'en fit aucune remarque.

La domestique ne put s'empêcher d'observer Alfred, le compagnon d'Aurore Dupin, étendu sur le banc en bois. Devinant les questions de la jeune demoiselle, l'écrivaine souffla :

— Ne craignez rien pour mon chat, c'est un ami fidèle qui n'a aucune envie de courir la campagne dorénavant. Il aime bien trop son confort. Arrivés à un certain âge, c'est ce à quoi nous aspirons tous… Pardonnez ma curiosité, mais il m'a semblé évident que vous vous connaissiez tous les deux. C'est un terrible défaut d'auteur que de se montrer à l'affût des petits détails…

Jeanne ouvrit la bouche mais aucun son n'en sortit.

— J'ai croisé Mademoiselle Tusseau sur la route en revenant ce matin. J'étais… étonné de la retrouver au service de ma mère.

— Et vous vous êtes senti obligé d'aller la questionner ?

— Eh bien…

Une idée traversa l'esprit de Jeanne qui se redressa et fixa l'écrivaine dans les yeux. L'occasion s'offrait à elle de justifier ce qui s'était produit le matin même et d'avoir une chance de garder son emploi.

— Ma tenue avait surpris Monsieur Moutier car lorsque nous nous sommes vus tout à l'heure, je portais une robe qui ne correspond pas à ma condition.

L'écrivaine se saisit d'une tasse et souffla sur l'eau chaude. Puis elle se cala de nouveau dans le siège.

— Je ne vous demanderai pas comment vous avez pu vous procurer une telle tenue…

— C'est un cadeau.

— Un cadeau.

— Une ancienne maitresse qui me l'a offerte. Elle ne portait plus cette robe et me l'a donnée.

— Et peut-on savoir qui était votre maitresse ?

Jeanne Tusseau jeta un regard en direction de Benjamin Moutier. Elle baissa une seconde la tête avant de répondre.

— Il s'agit d'Aude Dumesnil. J'étais à son service avant son mariage…

L'écrivaine fronça les sourcils mais poursuivit :

— Et pour quelle raison vous êtes-vous rendue en ville avec ces vêtements ?

— Je ne voulais faire de tort à personne, Madame, je vous l'assure. Mais, c'est suite à la mort de Roger Balanquin.

Jeanne Tusseau se rappela avoir eu une vive réaction à la lecture de l'article concernant le décès de l'éditeur. Il ne faisait aucun doute qu'Aurore Dupin l'avait remarqué sans pour autant avoir pu en comprendre les raisons.

— Je voulais me rendre chez Monsieur Balanquin.

— Pourquoi ? s'exclama Benjamin Moutier.

— Je… Je crains pour la vie d'Aude Dumesnil.

— Que voulez-vous dire par là, mon enfant ? Quel rapport entre Aude Dumesnil et Roger Balanquin ?

Jeanne Tusseau les dévisagea l'un après l'autre.

Pouvait-elle se permettre d'aller au bout de son explication ? Peut-être leur apporteraient-ils l'aide dont elle avait tant besoin…

— L'article lu par Madame Moutier ce matin précisait qu'une personne avait été la dernière à avoir vu l'éditeur vivant. Je pense… que c'est bel et bien Antoine Dumesnil qui a tué Roger Balanquin et que son épouse pourrait maintenant être en danger…

Chapitre 4

Le repas venait de s'achever et les hommes s'étaient installés au salon. Antoine Dumesnil gardait son air détendu et serein depuis que l'avocat lui avait rendu visite quelques heures plus tôt. Il avait souhaité inviter à diner son père, Philippe Dumesnil ainsi que Thomas Naclat, l'acteur de « *La farce du Don Juan* » et l'un de ses vieux amis, avec son épouse Héloïse et Joseph Jossiot, l'éditeur. Aude n'avait eu qu'à s'incliner, organisant au plus vite cette soirée pour le bon plaisir de son mari.

La jeune femme se tenait quelque peu en retrait, ne pouvant souffrir Héloïse qui se complaisait à se pavaner devant ces messieurs.

Cette dernière offrait en effet un sourire charmeur de ses lèvres épaisses et roses. Des yeux noirs et rieurs, un visage bien dessiné et des cheveux sombres tendaient à faire converger vers elle de nombreux regards. Le rire d'Héloïse Naclat, parfois forcé, résonnait dans la pièce.

Thomas Naclat vivait dans un autre monde. Il se consacrait entièrement à sa passion du théâtre et n'avait à la bouche que des anecdotes à ce sujet. Plutôt bel homme, avenant et prompt à s'amuser, il portait une fine moustache claire. Des taches dorées parsemaient ses pupilles grises.

Philippe Dumesnil suivait la conversation, sans pour autant y prendre part. Il avalait des gorgées de digestif tout en ponctuant quelques propos d'un acquiescement à peine sonore.

Joseph Jossiot se tenait debout, derrière le fauteuil d'Antoine, une main négligemment posée sur le siège. Une façon de s'approprier déjà l'homme dorénavant libre littérairement parlant.

Aude Dumesnil se sentit brusquement très étrangère à cette scène. Elle ne supportait plus ces conversations où chacun tentait de se mettre en valeur. Elle exécrait les coups d'œil que lui jetait régulièrement Joseph Jossiot, et plus encore, elle abhorrait la manière dont Héloïse se comportait avec son époux.

Cette soirée s'étirait de manière interminable. La jeune femme observait régulièrement l'horloge, guettant l'heure propice pour s'éclipser. Des propos attirèrent son attention.

Antoine déposa son verre alors que Thomas Naclat poursuivait :

— Je me souviens combien vous nous aviez étonnés mon cher, en présentant un texte d'une telle beauté !

Nous étions tous ébahis par la sensibilité et la fluidité de votre récit.

L'auteur jeta un regard entendu à son épouse, puis se tourna vers son vieil ami.

— Je me rappelle surtout que vous n'aviez jamais fait attention à mes lectures avant cette soirée mondaine où j'ai osé prendre la parole en public.

— Et vous avez terriblement bien fait ! Roger Balanquin n'a pas manqué vous recevoir suite à cela. Votre retour sur Angers était de bon augure. À moins que ce ne soit la rencontre d'une certaine demoiselle qui vous ait inspiré…

Thomas Naclat se tourna vers Aude et son visage se fendit d'un sourire bienveillant. L'épouse hocha la tête puis replongea le nez dans son livre. Le fait qu'elle ne parlait pas lui octroyait bien souvent la possibilité de se tenir à l'écart sans paraitre discourtoise.

— À Paris, nous n'avions jamais eu l'occasion d'écouter d'aussi belle prose…

Antoine se leva brusquement et prit la bouteille d'alcool qu'il tendit à son ami.

— Certes. Mais ne remuons pas le passé. Monsieur Jossiot aurait aimé avoir été le premier à entendre parler de ces textes.

L'homme en question éclata d'un grand rire.

— Effectivement… Mais j'avais, à l'époque d'autres préoccupations qui m'avaient éloigné des cercles.

Héloïse Naclat bondit de son siège tel un chat et se plaça face à Antoine.

— Tout ceci est fort passionnant mais ne serait-il pas agréable de faire quelques jeux pour ponctuer la soirée ?

Le visage de l'homme s'éclaira aussitôt.

— Ce sera avec joie. Quel divertissement vous agréerait ?

La dame n'eut pas le temps de répondre. Des coups furent frappés à la porte et le maitre d'hôtel se présenta pour annoncer une visite.

— Monsieur Vaubert aurait souhaité être reçu.

Aude Dumesnil tressaillit. Pour quelle raison son frère cadet se présentait-il ici aussi tardivement ?

Gustave Vaubert entra dans la pièce et salua les convives après s'être excusé de cette visite inopinée. Aude se tendit immédiatement en sa présence et surtout face à tant d'invités.

Son frère manquait parfois de bienséance. Son attitude tout entière tendait à le montrer. Il paraissait constamment agité. Son grand corps dégingandé, sa tête dodelinant et des cheveux châtains en broussaille donnaient l'impression qu'il était sans cesse égaré. Il cherchait ses mots ou sa route et avançait souvent des propos sans que ces derniers soient passés pas un quelconque filtre, ce qui lui avait créé bien des tracas par le passé. Un tic nerveux contractait régulièrement sa joue, le faisant grimacer par intermittence et d'autant plus lorsqu'il se trouvait énervé ou agacé.

Antoine proposa un verre à son beau-frère et lui offrit un siège.

— Nous vous écoutons Gustave. Quelle urgence a bien pu vous faire vous déplacer si tard ?

— J'ai su que Monsieur Jossiot vous rendait visite ce soir et j'avais besoin de m'entretenir avec lui.

Il fixa l'éditeur qui inclina la tête et répondit :

— Soit, Monsieur. Après tout ce chemin, il serait malvenu de ne pas vous écouter.

Le jeune garçon déglutit.

— Je recherche un éditeur. Vous savez que j'écris et n'ai jamais caché mon admiration pour mon beau-frère. Je souhaiterais vraiment vous présenter mon travail.

Il posa une pochette en cuir sur ses genoux qu'il ouvrit. Joseph Jossiot retint un soupir.

— J'ai beaucoup travaillé ces derniers mois sur mon roman. Je suis persuadé qu'il pourrait correspondre à votre besoin et...

— Monsieur... J'entends parfaitement votre proposition et suis extrêmement flatté que vous vous soyez déplacé jusqu'ici pour m'en faire part. Je crois savoir que votre père aspire à ce que vous repreniez ses affaires, étant le seul héritier. Il vous a assuré un bel avenir. Ne serait-ce pas dangereux de prendre une voix aussi incertaine que l'écriture ? Qui plus est, les projets sur lesquels je suis actuellement me prennent tout mon temps et je ne pourrai malheureusement pas étudier votre document avant un certain délai.

Le visage de Gustave Vaubert rougit violemment. Son regard passa de l'éditeur à son beau-frère.

— J'imagine en effet que vous avez des poissons bien plus gros à ferrer...

Aude sentit que la conversation vacillait dangereusement et se leva pour s'approcher de son frère. Mais ce dernier avait déjà remis son chapeau après avoir rangé son manuscrit.

Son ton acerbe résonna curieusement dans la pièce alors qu'il s'apprêtait à quitter les convives.

— Je vois que l'univers de l'écriture a bien son lot de requins. Il est évident que la mort de Roger Balanquin a finalement fait plus d'un heureux. Reste à savoir lequel celle-ci aura le plus servi...

*

Aurore Dupin ferma les yeux et se laissa bercer par la voix hypnotique du prêtre. La petite église lui offrait non seulement un repos spirituel mais permettait de se mettre à l'abri de la chaleur qui ne tombait pas.

L'écrivaine laissa trainer son regard sur son livre de prières. Ce dernier lui rappela sa conviction passée de consacrer sa vie à Dieu. Alors qu'elle était au couvent, elle s'était persuadée de prendre le voile, poussée par un élan mystique.

Or, effrayée par cette perspective, sa grand-mère l'avait ramenée à Nohant pour lui trouver un époux, ce qu'elle n'avait pas été en mesure de faire avant son décès. L'âge l'avait progressivement diminuée jusqu'à ce qu'elle les quitte définitivement.

Ce douloureux souvenir lui arracha un soupir. Elle tenta de se concentrer sur les paroles du religieux. L'homme replet avait aussi peu d'expression qu'une pierre et lui rappelait l'évêque venu pousser sa grand-mère à la confession de ses péchés avant son trépas. Autant dire qu'il ne lui inspirait guère de sympathie... Qui plus est, la discussion de la veille avec Jeanne Tusseau et Benjamin Moutier trottait dans son esprit.

Un chœur s'éleva dans la nef et elle écouta le chant envoutant des fidèles. Viviane et Benjamin Moutier se tenaient à ses côtés. Jeanne Tusseau était installée au dernier rang avec les autres domestiques.

Aurore se plut à remarquer les coups d'œil jetés furtivement par Benjamin vers l'employée. Était-ce par crainte de la voir s'envoler ou une autre raison moins avouable le portait-elle à se montrer si attentif envers la demoiselle ?

Il est vrai que Jeanne Tusseau ne manquait pas de mystères. L'écrivaine s'était étonnée de la prétendue expérience au cours de laquelle elle aurait reçu une robe par son employeur car, aux dires de Viviane Moutier, cet emploi de bonne chez son amie était son premier.

Malgré les explications de la jeune femme concernant son vêtement, il lui semblait tout à fait possible qu'une part d'ombre subsistât.

D'après l'employée, Antoine Dumesnil était un homme bien plus sombre qu'il n'y paraissait.

S'il avait été le dernier à rencontrer Roger Balanquin et si tardivement, cela signifiait que quelque chose de suspect se tramait. Jeanne se montrait particulièrement virulente à l'encontre du jeune auteur qu'elle pensait capable de tout pour parvenir à combler ses désirs inextinguibles. La jeune femme avait été jusqu'à tenter de se rendre chez la victime sans même savoir ce qu'elle pourrait y trouver.

Or, comment pouvait-elle en savoir autant sur l'auteur ? Elle ne l'avait finalement que peu cotôyé puisque son ancienne maitresse l'avait congédiée avant leur mariage.

Quant à Benjamin, il s'était renfermé au fur et à mesure de leur échange pour une raison qu'Aurore était bien en peine d'imaginer.

L'assemblée se leva une dernière fois sur un geste du prêtre. La messe s'achevait. Les paroissiens commencèrent à sortir dans une lente procession. Seuls les enfants s'étaient déjà échappés en courant vers la place.

L'écrivaine remarqua un petit garçon. Son petit-fils aurait été dans les mêmes âges. Elle se perdit un court instant dans la contemplation de cet enfant, au teint rose et aux cheveux bruns et courts qui riait en jouant avec ses amis.

— Il sera bon de se rafraichir à la maison après un tel sermon ! souffla Viviane Moutier.

Aurore Dupin sourit et suivit ses hôtes jusqu'au fiacre.

Dans la voiture, Viviane poursuivit ses commentaires sur la messe. Jeanne évitait vainement de croiser le regard de Benjamin. Les non-dits semblaient peser fortement sur son jeune cœur. Mais accepterait-elle de se confier davantage à des inconnus ?

La seule façon de l'aider pour le moment restait de prouver que ses doutes étaient fondés.

Il vint alors une idée à Aurore Dupin.

— Viviane, ma chère, je sais combien la chaleur vous insupporte. Votre fils m'a proposé de me servir de guide pour aller admirer la ville. Verriez-vous un inconvénient à ce que je vous abandonne cet après-midi.

— Aucunement ! Je dois même reconnaitre que je suis soulagée que vous ne me demandiez pas de quitter mon refuge.

— Jeanne pourrait nous accompagner. J'aurais sans doute besoin d'aide pour transporter de quoi me rafraichir.

À son nom, la jeune femme releva brusquement la tête et ses joues se mirent à rougir. Le froncement de ses sourcils indiquait sa réflexion quant aux desseins fomentés par l'écrivaine. À moins que ce ne soit la perspective de se retrouver en compagnie du jeune héritier de la famille…

Ce dernier n'avait d'ailleurs pas ouvert la bouche mais son apparent flegme masquait un vif étonnement qu'il était parvenu à maitriser. L'habitude des plaidoyers très certainement.

— Tout ce qui vous agréera, Aurore ! Je veux que vous gardiez de votre visite en Anjou un souvenir inoubliable. Il n'est pas question que cette étouffante chaleur gâche votre séjour.

Viviane lança un regard chargé de tendresse à son fils.

— Et vous ne pourrez pas choisir de meilleur chevalier servant que Benjamin pour connaitre la ville.

— C'est parfait. Nous partirons donc après le déjeuner…

*

Aurore Dupin avait suivi son plan à la lettre. Viviane Moutier avait accepté de bon cœur que Benjamin serve de guide à son amie durant l'après-midi. Une ruse pour leur permettre de se rendre sur les lieux du crime.

Après le déjeuner, tous deux avaient donc pris la direction d'Angers avec Jeanne sans que cela ne questionne davantage Viviane.

La mine défaite de la domestique en disait long sur les inquiétudes qui la rongeaient. Elle devait craindre d'être reconnue par l'employée qui tenait l'immeuble où vivait Roger Balanquin. Tête basse, elle torturait les poches de son jupon.

La jeune femme suivait malgré tout Benjamin Moutier et leur hôte dans les rues à peine passantes d'Angers. Les températures atteignaient des sommets et avaient poussé les habitants à se réfugier chez eux.

Ils atteignirent enfin la haute maison. Benjamin frappa avec force contre la porte.

Une femme à la tenue sombre et aux cheveux grisonnant se présenta sur le perron. Jeanne baissa davantage encore la tête. Il devait bel et bien s'agir de la logeuse avec qui elle avait échangé. Un mouvement de recul chez cette femme indiqua une certaine surprise face à l'étrange groupe qu'ils formaient.

Aurore Dupin ne se démonta pas et engagea rapidement la conversation.

— Je me nomme George Sand, je suis écrivaine…

— Une femme qui écrit ? s'étonna la logeuse.

— Oui… et j'avais transmis un manuscrit à Monsieur Balanquin. Sa notoriété nouvelle m'avait donné envie de collaborer avec lui. Malheureusement…

Elle se tut et arbora un air contrit. Son interlocutrice acquiesça, grave.

— Je suis une vieille dame et je n'ai guère la force de tout écrire de nouveau. Mon neveu, Monsieur Moutier qui est avocat et notre domestique m'ont accompagnée afin de pouvoir récupérer mon travail. Nous n'en avons pas pour longtemps.

— Je comprends, bien sûr. La police est partie de toute manière.

— La police ?

— Oui. Ils ont enquêté longtemps mais tout le monde a quitté les lieux. Je ne sais pas ce qu'ils ont récupéré. Vous verrez si vous le trouvez.

Elle s'effaça pour les laisser passer avant de leur indiquer une porte au premier étage.

— C'est ouvert. Je vous laisse y aller. Pour ma part, je préfère éviter de m'y rendre. On ne sait jamais… La police n'a peut-être pas pris tous les serpents…

Aurore Dupin frissonna à l'idée de se trouver face à l'un de ces reptiles. L'appartement de l'éditeur aurait pu servir de modèle d'ordre et de rangement. La chambre et le salon étaient propres et bien agencés. Le bureau regorgeait de documents parfaitement classés. Benjamin souffla dans sa moustache :

— Voici un endroit bien ordonné pour un homme si imprudent et irréfléchi…

Jeanne Tusseau balaya l'espace du regard, perplexe.

Devinant ses questions, Aurore Dupin l'interrogea :

— Que pensiez-vous trouver ?

— Je n'en ai pas la moindre idée. Sans doute un objet, un document qui permettrait de faire le lien entre les deux hommes et qui nous aurait indiqué le mobile du meurtre.

— Je crains que la police ait déjà récupéré ce qui pourrait peut-être s'apparenter à cela, suggéra Benjamin.

L'expression de Jeanne s'assombrit immédiatement.

— Toutefois… Ils manquent de méthode et nous pouvons toujours penser que certains détails leur auront échappé, reprit l'avocat. Mais ne perdons pas de temps. La logeuse pourrait bien s'étonner de la durée de notre présence.

Tous trois investiguèrent les papiers qui remplissaient le bureau, les livres de la bibliothèque ainsi que les meubles de la chambre. Benjamin s'était arrêté un instant devant la cheminée puis s'était concentré sur les documents officiels de l'éditeur : contrats, notes de frais…

Ces recherches apparurent rapidement vaines. Les possessions de Roger Balanquin s'avéraient tout à fait ordinaires. Même sa gestion était d'un ennui terrifiant. Chaque crédit, chaque sortie de compte se trouvaient précieusement notés. Aurore Dupin sursauta en voyant les vitrines où devaient loger auparavant les serpents de l'éditeur. Vides… à première vue.

— Dites-moi, Benjamin, êtes-vous sûr que la police a tout emporté ?

Le jeune homme leva la tête et retint un rire en voyant l'inquiétude chez sa vieille amie.

— Oui. Ne vous en faites pas, ces animaux ont été enlevés.

— Si Hugo était là… murmura Jeanne.

Elle remarqua les questionnements que son propos venait de susciter et renchérit :

— Je connaissais… un jeune garçon par le passé. Il était très habile et ne craignait aucunement les bêtes. Il pouvait saisir des serpents, même venimeux sans se faire mordre.

Aurore Dupin se tourna vers Benjamin Moutier, toujours plongé dans les papiers de Roger Balanquin.

— Alors ?

— Malheureusement, je ne trouve rien… Ce ne sont que des projets répertoriés, des notes et la gestion de ses comptes…

Jeanne lui jeta un regard désespéré. L'avocat s'apprêtait à ranger une chemise chargée de fiches de romans transmis lorsqu'un papier s'en échappa.

Benjamin s'en saisit et fronça les sourcils.

— Qu'est-ce donc? se risqua Aurore Dupin.

— En tout cas, ce n'est pas une proposition de roman…

Les deux femmes le rejoignirent derrière le bureau de l'éditeur. Il lut à haute voix :

« *Monsieur, Comprenez qu'il m'est impossible de pourvoir à votre requête. Ceci serait inconvenant. Je me tiens à votre écoute si vous le souhaitez mais lors du diner de demain. Pas avant. Recevez, Monsieur, toute ma considération.* »

Ce n'était pas signé.

Aurore Dupin parut perplexe.

— Que signifie ceci ? Une correspondance clandestine.

— Mais avec qui ?

— Puis-je ?

Jeanne tendit la main pour prendre la missive. Aussitôt, elle plaça sa main sur ses lèvres pour étouffer un cri.

— Que vous arrive-t-il mon enfant ?

— Cette écriture… Il s'agit de l'écriture d'Aude Dumesnil.

Cette fois, ce fut Benjamin qui montra de l'étonnement.

— Comment pouvez-vous le savoir ?

— Je vous ai dit avoir été à son service. Madame Dumesnil est muette. Elle ne donne les ordres qu'avec un carnet sur lequel elle écrit au quotidien. Je connais donc parfaitement sa plume. Et regardez…

Elle plaça la feuille bien en vue.

— Des lettres sont soulignées.

— Effectivement. Les l et les s… ainsi que les m. Pour quelle raison ?

— Ce sont des lettres écrites particulièrement, souligna Aurore Dupin. Voyez comme le m est dessiné.

— Très bien mais pour quelle raison relever une telle chose ? souligna Benjamin Moutier.

La porte s'ouvrit à cet instant sur la logeuse. La femme sembla hésiter à entrer et la peur se lisait sur ses traits. Elle avait dû se trouver bien contrainte à venir les voir pour dépasser son appréhension.

— Avez-vous trouvé ce que vous souhaitiez, Madame ?

— Non. Il est probable que la police ait emporté mon travail.

— J'en suis désolée… Si vous étiez venue plus tôt comme le monsieur, vous auriez pu récupérer votre document.

Benjamin Moutier questionna immédiatement :

— Quel monsieur ?

— Je ne sais pas son nom... Mais il était venu la veille déposer des documents alors que Monsieur Balanquin s'était absenté. Le jour de sa mort, ce monsieur est revenu pour récupérer ses papiers. La police n'avait rien pris à ce moment-là.

— Et pourriez-vous me décrire cet individu ?

La femme réfléchit mais sa crainte des lieux la rendait de plus en plus nerveuse.

— Je ne saurais dire... Je suis désolée, mais vous n'avez pas vu de serpent ?

— Aucun, rassurez-vous. La police a dû tous les emporter.

— Je ne suis pas sûre. Ils ne les ont pas comptés et comme ils ont dit prendre tous ceux qui étaient dans la cage...

Jeanne Tusseau et Aurore Dupin jetèrent un coup d'œil inquiet sur le sol.

— Je ne vois pas comment cette bête aurait pu revenir dedans après avoir mordu Monsieur à la gorge...

— À la gorge ? s'étonna Aurore Dupin.

— Oui, la police a dit que ce serait sans doute un suicide. Ils ont trouvé des papiers compromettants et pensent qu'il craignait le scandale et aurait mis fin à ses jours en se faisant mordre.

— Quelle horreur !

— Il serait tombé d'après le médecin et se serait cogné la tête, d'où le sang que j'ai eu bien du mal à retirer.

Benjamin paraissait de plus en plus intrigué.

— Et ses papiers compromettants, la police les a pris ?

— Oui. Je crois bien…

— Pardonnez mes interrogations, mais Monsieur Dumesnil semble avoir été le dernier à avoir rencontré Monsieur Balanquin le soir de sa mort. Est-ce vous qui lui avez ouvert ?

— Oui, Monsieur.

— Et était-il seul ?

— Oui… Il est même venu à pied, ce qui m'a étonnée.

— Et l'avez-vous vu repartir ?

— Non. Mais j'ai entendu la porte de l'entrée claquer. Il était déjà fort tard. Je suis ensuite allée me coucher.

— Je comprends… Toutefois, auriez-vous entendu un bruit suspect ?

La femme inclina la tête, dubitative :

— Aucunement. Je l'ai déjà dit à la police. Je me suis endormie et c'est au matin que j'ai découvert le corps de Monsieur Balanquin.

— J'imagine combien cela a dû être terrible…

— Oh oui !

La logeuse frissonna.

— Mais… il est vrai que j'ai cru de nouveau entendre monter les escaliers au cours de la nuit.

— Au cours de la nuit ?

— Oui, bien plus tard. Je dormais déjà depuis bien longtemps. Ceci dit, il est tout à fait possible que ce n'ait été qu'un rêve… Il est vrai que ma journée avait été bien remplie entre les courses pour Monsieur Balanquin, le ménage… J'en ai même oublié les courriers à déposer.

— Fort bien... Une dernière question et je cesserai de vous importuner. Où se trouvait le corps ?

— Il reposait ici-même, contre cette commode.

Aurore nota mentalement que le tapis qui faisait face à la commode se trouvait légèrement de biais.

— Très bien... Merci Madame. Nous allons partir.

Un soulagement se lut sur les traits tirés de la femme. Elle s'apprêtait à sortir lorsqu'elle revint sur ses pas.

— Ah ! Je me souviens, ce monsieur avait un tic curieux qui déformait par moments son visage.

Jeanne se sentit défaillir, ce que remarqua Benjamin Moutier.

— Que se passe-t-il ?

— Je sais qui est venu récupérer ces papiers...

*

Jeanne achevait d'étendre les draps. Le vent chaud les soulevait par intermittence. Elle songeait à leur visite chez l'éditeur et les raisons d'une telle lettre de la part d'Aude Dumesnil la tourmentaient. Pourquoi Roger Balanquin souhaitait-il parler à l'épouse de son auteur, seuls ? Et qui avait souligné ces lettres si particulièrement dessinées selon Aurore Dupin ?

La jeune femme leva son regard vers les fenêtres du salon. Une silhouette se dessina à l'intérieur de la maison. Qui pouvait bien rester ainsi à observer les jardins ?

Un bruit de pas la fit se retourner. La haute et filiforme stature d'Hugo Malmaison apparut derrière elle.

Il ralentit un court instant avant de reprendre sa marche. Son visage exprimait bien des doutes et il donnait l'impression de ne pas être venu ici de gaité de cœur.

Jeanne posa son linge et l'accueillit.

— Que me vaut ta visite ?

Hugo la dévisagea et souffla, d'une voix monocorde.

— C'est étrange d'vous voir habillée comme ça et à faire ces corvées.

La jeune femme sourit et haussa les épaules.

— Il n'y a pas de basse besogne, il n'y a que des tâches qui permettent de vivre et de vivre dignement.

— N'empêche…

— Tu n'es pas venu jusque-là pour me parler de mon travail. Et d'ailleurs comment as-tu su que j'étais ici ?

— Le p'tit laitier vous a r'connue lorsque vous êtes passée à l'imprimerie. Il m'a dit qu'il vous avait vue au service de Madame Moutier. Vous savez, tout se sait en ville chez les p'tites gens…

— Je commence à le croire.

— J'ai aussi appris que vous étiez allée chez l'éditeur.

— En effet.

— C'est pour Madame Dumesnil ?

— Oui, c'est pour Aude.

— Pourquoi que vous faites ça ?

— Je te l'ai dit, je suis inquiète pour elle.

— Vous avez jamais aimé son mari…

Jeanne se tut et fixa Hugo. Le jeune homme reprit :

— Si vous aviez déjà des doutes à l'époque de leurs fiançailles, pourquoi vous vous êtes enfuie ?

— Tu ne peux pas me poser cette question !

Les joues de la domestique s'empourprèrent.

— Je n'avais pas le choix. J'avais tenté de lui parler mais elle ne m'écoutait pas. Elle semblait s'être refermée sur elle-même et montrait une telle détermination à épouser cet homme… Or, je suis certaine qu'elle ne l'aimait pas ! Il y a autre chose… Un fait qui s'est produit et qui l'a obligée à l'épouser mais dont elle ne veut pas parler. Et après les évènements qui ont eu lieu, je n'ai eu d'autres solutions que de penser à moi. Est-ce égoïste ?

Hugo secoua la tête.

— Non.

— J'ai fait ce que j'ai pu à l'époque. Si je suis revenue en Anjou, c'était aussi pour veiller sur Aude Dumesnil. Et aujourd'hui, je la crois vraiment en danger.

— Et vous ?

— Comment cela ?

— Vous pourriez aussi vous mettre en danger.

— Je ne risque pas grand-chose maintenant. N'ai-je pas déjà tout perdu ?

— Et votre vie ?

— Elle n'a que peu de valeur aujourd'hui, ma vie…

Les larmes perlaient à ses yeux.

— Es-tu venu me proposer ton aide ?

Le jeune garçon soupira et laissa son regard trainer sur les plantes du jardin.

— Si vous m'aviez demandé d'vous aider avant, j'l'aurais fait sans hésiter.

— Je suis désolée, je sais que je t'ai blessé en partant de cette façon mais…

— Y a pas que ça.

Jeanne fronça les sourcils.

— Que veux-tu dire par là ?

— Qu'il y a bien longtemps que j'ai compris que vous me considériez pas comme un ami.

— Mais pourquoi dis-tu une telle chose ? Tu es mon ami ! Et je l'ai toujours pensé.

Il laissa échapper un rire ironique.

— Vous ne vous souvenez pas de ce jour où vous et votre père m'avez ordonné de ne pas me présenter à vos invités. On ne mélange pas les classes. Ça fait mauvais genre, un ouvrier dans son salon.

— C'est absurde, je n'ai jamais eu honte de toi !

— Vous mentez tellement bien… Mais j'ai pas besoin de vous ni de votre amitié pour m'élever.

Jeanne se saisit de son panier, reprenant une attitude distante.

— Je te remercie pour ta mise en garde. Visiblement, tu nourris une rancœur à mon égard que je ne parviendrais pas à apaiser. Cependant, si tu n'es pas venu pour m'offrir ton aide, je vais devoir à mon tour t'abandonner car le travail m'attend.

Hugo Malmaison resta un moment à observer la jeune femme qui se tenait droite et terriblement fière devant lui. Puis il s'écarta pour lui céder le passage.

Jeanne Tusseau rentra sans un regard en arrière craignant de ne pas résister à l'envie de pleurer. Les propos du jeune homme qui avait partagé tant de choses avec elle la troublaient au plus haut point. Jamais elle ne l'avait dénigré ! Si par mégarde elle avait agi dans ce sens, elle ne l'avait nullement fait délibérément. Hugo Malmaison faisait partie des êtres qui comptaient le plus à ses yeux. Elle éprouvait une peine immense de le voir si distant. S'il avait accepté de l'aider, elle se serait sentie plus forte, elle se serait sentie comme avant…

Or, n'était-ce pas justement ce qu'elle voulait éviter par-dessus tout ? Elle avait fait un choix et se devait de l'assumer. Elle posa son panier et s'apprêtait à sortir le linge lorsqu'un mouvement se dessina sous les draps. La jeune femme poussa un cri en reculant. Une tête sombre sembla sortir de la masse blanche. Un serpent rampa en dehors du panier, ce qui arracha des hurlements à Jeanne. La terreur la submergeait face à cette bête qui semblait chercher sa présence et se rapprochait lentement.

Bloquée dans un angle de la pièce, Jeanne, pétrifiée, n'osait plus faire un mouvement. Quel que soit le côté choisi pour fuir, le reptile aurait tôt fait de pouvoir se projeter et l'attaquer.

Jeanne sentit tout son corps se raidir dans l'attente de la morsure qui ne tarderait certainement plus à arriver.

Un choc sur le carrelage la fit bondir. Aurore Dupin, une pelle à la main, venait de couper en deux l'animal.

Les deux femmes se regardèrent.

— Il semblerait que la chaleur enhardisse ces sales bêtes. Soyez plus prudente, Jeanne…

Chapitre 5

Jeanne essayait tant bien que mal de se concentrer sur ses tâches mais ne parvenait pas à oublier la vipère. Comment l'animal avait pu se retrouver dans le linge ? Dieu seul sait ce qui aurait pu se produire si si Aurore Dupin n'était pas intervenue… Un frisson lui traversa le dos.

La cuisinière la tira de ses pensées et lui tendit un plateau.

— Tu peux monter ça dans la p'tite bibliothèque, c'est pour Madame Dupin.

La domestique se pressa dans les escaliers pour rejoindre la pièce, seul espace encore frais de la demeure. L'écrivaine était assise sur l'un des fauteuils à côté d'Alfred, son vieux chat gris.

Benjamin Moutier se tenait face à elle.

Lorsque Jeanne entra, il lui lança un regard étrange qui fit tressaillir la jeune femme. Elle posa son plateau.

La voix douce d'Aurore Dupin résonna dans la petite pièce :

— Jeanne, nous échangions sur le mot trouvé chez l'éditeur. Nous aimerions connaitre votre opinion à ce sujet ?

— Eh bien…

— Parlez franchement, insista Aurore Dupin.

— Cela vient renforcer ma certitude quant aux risques encourus par Aude Dumesnil. Il est possible que la mort de Roger Balanquin ait un lien avec ce courrier. Je suis persuadée qu'il ne s'est pas suicidé !

— Est-ce une conviction étayée de faits ou une certitude basée sur vos préjugés concernant Monsieur Dumesnil ? souffla Benjamin.

— Les faits Monsieur, juste les faits qui me hantent depuis notre visite. Comme vous l'avez vous-même souligné, Monsieur Balanquin était un homme ordonné, consciencieux et dont la réputation n'était plus à faire. Ses registres semblaient parfaitement tenus et je pense que vous avez pris soin, Monsieur Moutier, de vérifier qu'aucune sortie d'argent suspecte n'apparaissait.

L'avocat ne répondit pas mais son attitude tendait à confirmer l'hypothèse.

— Donc, j'émets des doutes sur les documents compromettants, bien que nous ne puissions rien dire de plus sans les avoir vus. Et cette fameuse morsure à la gorge s'ajoute à mes questionnements.

— Que voulez-vous dire ?

— La logeuse a fait une remarque juste : si l'homme s'est fait mordre à la gorge par un reptile, il ne l'aurait pas reposé gentiment dans sa cage ensuite. La bête serait tombée au sol. D'autant que lui-même a chu violemment. Or, nous n'avons pas vu de reptile et pourtant nous avons tout fouillé sans nous douter d'ailleurs que nous pourrions nous retrouver face à cette bête.

Aurore Dupin tressaillit à ce souvenir.

— Enfin la lettre de Madame Dumesnil. La dame est forcément liée à cette histoire mais je ne sais pas comment. Était-ce à ce propos que Monsieur Balanquin souhaitait s'entretenir avec Antoine Dumesnil ?

— Pensez-vous qu'il puisse y avoir eu une histoire... d'amour entre Aude Dumesnil et l'éditeur ?

— Je ne le crois pas. Aude Dumesnil est une femme droite et loyale...

Jeanne garda un court instant le silence puis reprit sur un ton plus bas.

— Tout du moins, c'est le souvenir que j'en garde.

Benjamin s'était levé et arpentait la bibliothèque.

— Les faits que vous mentionnez ne sont pas dénués d'intérêt et nous en étions arrivés aux mêmes conclusions avec Madame Dupin. Il se pourrait que la morsure de serpent n'ait été là que pour servir d'alibi à quelqu'un qui les aurait utilisés à seule fin de masquer un meurtre. Toutefois, il n'est pas question d'accuser qui que ce soit à ce stade de nos investigations. Et parler d'Antoine Dumesnil comme d'un homme coupable serait injuste et préjudiciable. D'autant que la logeuse a parlé de pas dans les escaliers plus tard dans la nuit après que Monsieur Dumesnil est parti en laissant la porte d'entrée claquer.

— Elle a évoqué l'éventualité d'un simple rêve.

— Cela me semble bien curieux comme rêve…

Ces propos blessèrent Jeanne. Mais elle se contenta de détourner le regard.

Alfred se redressa sur ses pattes et vint se blottir dans les bras de sa maitresse. Cette dernière renchérit :

— Benjamin a raison. Toutefois, il nous est apparu dénué de sens qu'un homme si méthodique que Monsieur Balanquin ait pu s'occuper si mal de ses animaux qu'il connaissait parfaitement. D'autant plus que j'ai vu, le soir de sa mort, Roger Balanquin au théâtre. Il semblait dissimuler sa présence…

Jeanne Tusseau ouvrit de grands yeux tandis que l'avocat acquiesçait, visiblement informé de ce fait. L'auteure expliqua la scène dont elle avait été le témoin fortuit.

— Je m'en doutais ! Je savais que quelque chose d'étrange se tramait ! s'exclama Jeanne.

Benjamin Moutier revint vers la jeune femme.

— Pas de conclusion hâtive. Toutefois, cet élément est à prendre en considération, c'est évident. Nous aurions souhaité vous demander confirmation : êtes-vous certaine que l'homme venu la veille de notre visite était bien Gustave Vaubert, le frère de Madame Dumesnil ?

— J'en suis certaine. Il écrit depuis des années et n'a jamais pu se faire publier à son grand désespoir. Peut-être souhaitait-il soumettre un manuscrit à l'éditeur. La description de la logeuse m'a tout de suite évoqué Monsieur Vaubert. En effet, son visage se contorsionne par moments sous l'effet de crises musculaires qui se font d'autant plus violentes lorsqu'il est nerveux.

Benjamin Moutier se tourna vers Aurore Dupin.

— Que diriez-vous, Madame, de recevoir un jeune auteur en devenir ?

*

— Votre thé est délicieux, Madame, complimenta Gustave Vaubert.

Viviane Moutier se tenait dans son fauteuil face au jeune invité. Une demande d'Aurore Dupin qui l'avait laissée dubitative. Bien que Gustave Vaubert fût de bonne famille, la maitresse de maison avait exprimé tout son étonnement face à cette requête.

Benjamin avait tenu à être présent pour cette visite et se tenait debout derrière Aurore. Alfred entra dans la pièce d'un pas nonchalant. Viviane retint un rictus de peur face à l'animal qui se sentait maître en la demeure.

Il sauta sur les genoux de Gustave Vaubert qui recula brutalement.

Aurore gronda l'animal d'une voix teintée d'amusement.

— Alfred ! Quel impoli tu fais !

Benjamin vint soulever la bête et la déposa près de sa propriétaire.

— Ce n'est rien, assura Gustave. J'attire en général les animaux.

Il frotta son pantalon le plus naturellement possible et remis son chapeau sur ses genoux. Un tic crispa sa joue, ce qui fit sursauter de surprise l'écrivaine. Toutefois, cela confirmait les dires de Jeanne. Restait à découvrir pour quelle raison il s'était rendu chez Roger Balanquin.

La domestique ne s'était pas montrée. Elle craignait d'être reconnue par le frère de son ancienne maitresse et n'y tenait apparemment pas. Les motifs de cet évitement n'avaient pas convaincu Aurore, ni même Benjamin qui s'était cependant abstenu d'insister.

Il avait fallu ruser avec Viviane Moutier pour justifier de l'absence de l'une de ses employées au moment de la venue d'un invité.

— J'ai été fort surpris mais honoré par votre requête, reprit Gustave Vaubert après avoir englouti quelques amuse-bouches.

— C'est moi qui vous remercie d'avoir accepté notre invitation, Monsieur, souffla Aurore Dupin. Alors comme cela, vous écrivez vous aussi ? …

Alfred se roula en boule sur les genoux de sa maitresse et posa une patte en avant comme pour délimiter son territoire. Gustave lui jeta un regard en biais puis sourit de nouveau.

— Oui, j'écris depuis de nombreuses années. J'ai d'ailleurs apporté ici mon dernier manuscrit.

Il souleva une pochette en cuir marron. Viviane s'exclama d'admiration :

— Comme il semble épais ! Ce doit être un récit passionnant. Cela vous a certainement demandé de nombreuses heures de travail. Mon amie m'a souvent avoué passer beaucoup de temps sur son ouvrage.

— L'écriture est un loisir fort divertissant et j'imagine que Madame Dupin a pu se laisser emporter par le plaisir d'une telle activité.

L'écrivaine toussa légèrement.

— C'est un fait… Mais dites-moi, n'avez-vous jamais songé à le présenter pour le faire publier ? À Monsieur Balanquin par exemple ? Après tout, il était aussi l'éditeur de votre beau-frère.

Gustave Vaubert afficha une moue contrite.

— J'ai tenté, Madame, et ceci à plusieurs reprises mais sans succès.

Viviane gémit tragiquement :

— Quel dommage !

Aurore Dupin essayait vainement d'aborder le sujet qui les préoccupait et s'agaçait des interruptions de son amie.

— Et quelle fut votre dernière tentative ?

Gustave fronça les sourcils.

— Comment cela ?

— Le manuscrit que vous portez, l'avez-vous présenté ?

— Oui et non… Je n'ai pas eu le temps.

— Je ne comprends pas. L'avez-vous transmis ?

La joue du jeune homme se crispa de nouveau. Il s'agita sur son fauteuil et cala sa chemise en cuir.

— Eh bien, pas vraiment…

Benjamin s'installa à ses côtés.

— Ce que Madame Dupin essaie de vous dire, c'est qu'il semblerait qu'un individu ait laissé des documents le soir de la mort de l'éditeur et soit revenu les chercher le lendemain. Tout porte à croire qu'il s'agisse de vous, Monsieur…

Viviane manqua s'étrangler avec un gâteau.

— Benjamin, enfin !

Gustave Vaubert pâlit brutalement. Les tics nerveux s'enchainèrent, déformant son expression.

— Je ne vois pas de quoi vous parlez...

L'avocat se pencha vers le jeune garçon.

— Si vous avez bel et bien déposé ce manuscrit, sachez que vous n'avez rien à craindre. Mais nous avons besoin de connaitre la vérité et nous cacher des éléments pourrait compliquer l'affaire.

— L'affaire ? De quoi parlez-vous ? interrogea Viviane.

Sans prêter attention à sa mère, l'avocat fixa son interlocuteur. Celui-ci sembla se livrer à un combat intérieur. Soudain, tout son corps se détendit et il lâcha dans un murmure :

— Je suis bel et bien passé chez Monsieur Balanquin le soir de sa mort. Il était sorti et j'ai donc laissé à sa logeuse ma sacoche de cuir avec mon roman. Lorsque j'ai découvert dans les journaux son décès, je me suis précipité pour récupérer mon document.

— Pour quelle raison vous être précipité ?

— Je craignais de ne pouvoir reprendre mon manuscrit et qu'il soit jeté avec les affaires qui auraient été jugées inutiles. J'ai mis tant de temps à le rédiger qu'il était hors de question que je le perde.

— Pourquoi ne pas vous être présenté à la logeuse ? reprit Aurore Dupin.

— Eh bien parce que j'imaginais que Monsieur Balanquin n'ouvrirait même pas la sacoche s'il savait qu'elle venait de moi...

L'écrivaine perçut bien du dépit dans la voix du jeune auteur.

— Ensuite, je ne voulais pas être mêlé de près ou de loin à ce décès. La police était déjà passée et devait revenir.

Il se leva et coiffa son chapeau.

— Mesdames, Monsieur, je m'excuse mais je dois partir. Je vous remercie de nouveau pour cette invitation.

Il se pressa de quitter la salle, visiblement soulagé. Sa haute silhouette maladive vacillait curieusement.

— Pouvez-vous m'expliquer, Aurore, ma chère, pour quelle raison avez-vous réellement souhaité rencontrer ce pauvre garçon ?

— Curiosité d'auteure, rien de plus…

La cuisinière vint apporter deux missives. Benjamin Moutier se saisit de la première et la glissa dans sa poche. Viviane s'exclama de plaisir en ouvrant la seconde lettre.

— Après toutes les émotions que vous venez de me donner, voici une annonce qui me convient tout à fait.

Son visage rayonnait de satisfaction.

— Nous sommes conviés à une soirée donnée par les Dumesnil !

Aurore ne put s'empêcher de penser que la chance était avec eux et leur offrait une formidable occasion de rencontrer la jeune épouse et d'en savoir plus sur ses relations avec l'éditeur.

*

Aurore Dupin avait beau être habituée à un certain luxe, la vue de la demeure l'émerveilla. La salle de réception était décorée somptueusement. La lueur des chandeliers posés sur la table dressée se reflétait sur l'argenterie. Des tableaux et tapisseries ornaient les murs. Un luxe d'autant plus important que la notoriété du maitre de maison ne cessait de croitre.

Une dizaine d'invités se tenaient déjà auprès d'Antoine Dumesnil dont le visage s'éclaira à la vue de l'avocat. Viviane saluait avec chaleur les personnes présentes, parfaitement à l'aise parmi ces gens.

L'auteur vint à leur rencontre, accompagné d'une femme qu'Aurore reconnut immédiatement.

— Monsieur Moutier, comme je suis content que vous ayez pu venir ! Laissez-moi vous présenter mon épouse, Aude Dumesnil.

— Enchanté, Madame.

La jeune femme inclina la tête. Aurore Dupin remarqua le petit carnet savamment noué à la ceinture de sa robe.

Le maitre de maison s'adressa aux dames.

— Je vous propose de vous avancer vers le salon, des rafraichissements vous seront proposés en attendant que le diner soit servi. Je vous enlève Monsieur Moutier car j'ai quelques informations à lui donner. Les affaires, Mesdames, toujours les affaires…

Aurore Dupin les regarda s'éloigner puis se tourna vers Aude Dumesnil :

— Je me sens quelque peu lasse ce soir. La chaleur sans doute. Auriez-vous un endroit où il me serait possible de me reposer un instant ? Viviane, je ne veux pas vous priver de la joie de cette soirée. Si Madame Dumesnil peut me montrer où un lieu calme, je reviendrai auprès de vous très vite.

Avec bienveillance, la jeune maitresse de maison la conduisit dans un petit salon attenant à la salle à manger. Le lieu regorgeait de livres, ce qui séduisit aussitôt l'écrivaine. Elle remercia son hôtesse et l'invita à s'assoir un instant avec elle.

— Comprenez qu'une dame de mon âge peine à supporter les températures qui m'ont accueillie ici.

La jeune femme acquiesça poliment.

— Et toutes ces émotions avec la mort de ce pauvre éditeur...

Aurore Dupin jeta un regard en coin à son interlocutrice.

— Votre époux et vous-même devez être bouleversés par ce décès.

Aude Dumesnil hocha lentement la tête.

— Vous aviez dû bien souvent le coudoyer, pour le travail de votre mari, je veux dire. Je me demandais, était-ce un homme sympathique? Parfois, les éditeurs se montrent un peu rudes...

L'hôtesse de la maison saisit son carnet d'un geste peu assuré et se mit à noter quelques mots.

« Il était fort aimable ».

— Ah! Très bien...

Aurore retint un sursaut en voyant les lettres dessinées, les mêmes que sur le courrier anonyme. Elle se pinça les lèvres. Il était particulièrement délicat de procéder à un tel interrogatoire.

— Votre mari doit être très occupé. Il vous est peut-être arrivé de rencontrer l'éditeur pour lui.

Cette fois, la jeune femme haussa les sourcils, étonnée.

« Je ne suis malheureusement pas en mesure d'aider mon mari sur ce sujet. »

— Je comprends…

Décidément, l'écrivaine se demanda si elle avait bien fait de se porter volontaire pour interroger la dame. Benjamin Moutier aurait sans doute été plus efficace. Toutefois, elle décida de jouer une dernière carte. Son expérience des relations humaines l'aiderait à démêler les fils de cette histoire. D'autant qu'elle n'aurait pas d'autre occasion et qu'il lui fallait agir maintenant.

— Madame Dumesnil, nous ne nous connaissons pas mais sachez que je viens vers vous avec des intentions amicales. Nous avons trouvé avec Monsieur Moutier un courrier écrit par vos soins.

Les joues de la jeune dame perdirent aussitôt leurs couleurs. Son regard évita celui d'Aurore Dupin.

— Votre écriture est reconnaissable.

« Ce n'est pas ce que vous croyez. »

— Je ne crois pas grand-chose mais votre ancienne domestique est fort inquiète pour vous.

« Mon ancienne domestique ? »

— Jeanne Tusseau.

Aude Dumesnil se leva d'un bond, comme piquée au vif.

« Je n'ai jamais eu d'employée appelée Jeanne. »

— Veuillez me pardonner, mais…

La porte s'ouvrit à cet instant et Antoine Dumesnil entra en monarque. Cette intrusion déplut au plus haut point à Aurore mais elle s'abstint d'en faire le moindre commentaire.

— Mesdames. Aude, je vous prie, nos invités s'inquiètent.

— Oh ! Tout est ma faute, j'ai retenu votre épouse bien plus de temps que les convenances ne l'autorisent. Je me sentais quelque peu étourdie par la chaleur. Nous avons gentiment discuté et j'en ai oublié le temps.

— Discuté…

Antoine Dumesnil sembla lancer un regard chargé de colère à sa femme.

— Et maintenant, Madame Dupin, vous sentez-vous mieux ?

— Oui, tout à fait. Nous allons pouvoir retourner dans le salon.

Les deux dames emboitèrent le pas à l'auteur.

Tandis qu'elles rejoignaient les autres convives, Aurore Dupin songea qu'après tout, elle ne reviendrait pas totalement dépourvue d'informations.

*

Benjamin Moutier sentait la présence de Jeanne Tusseau à ses côtés et curieusement, cela lui apportait un certain plaisir. Il lui jetait par moments quelques coups d'œil. Son profil doux et délicat, ses pommettes roses, quelques mèches rousses s'échappant de son bonnet la rendaient attendrissante et charmante.

Elle gardait pourtant une attitude fermée et il peinait à comprendre ce qui la rendait aussi taciturne.

L'appartement de l'avocat n'était pas encore tout à fait prêt et il continuait à loger dans la demeure familiale.

Il avait donc raccompagné sa mère et Aurore Dupin la veille suite à la soirée chez les Dumesnil et se trouvait présent ce matin. Mais l'occasion d'échanger sur leurs investigations réciproques avec l'amie de sa mère ne s'était pas présentée. Il ne s'agissait certainement pas d'inquiéter Viviane qui aurait sans doute mal réagi si elle savait ce qui se tramait dans son dos.

Il était difficile de parler avec Jeanne et cette sortie lui semblait être l'occasion d'en savoir plus sur elle.

Benjamin toussa, ce qui fit lever le nez de la jeune demoiselle.

— Vous ne voyez pas d'inconvénient à m'accompagner ? Je me dois de récupérer un document auprès de la police.

Jeanne ne réagit pas.

— Pour être très honnête, je vais chercher l'un des faux trouvés chez Roger Balanquin.

Cette fois, elle posa sur lui un regard interrogateur.

— Pourquoi me fixez-vous ainsi ?

— Pour quelles raisons m'aidez-vous ?

Pris de court par la brusquerie de la question, il sentit ses joues s'empourprer mais tenta de garder contenance.

— Je vous aide parce que mon métier m'y pousse.

— Je n'ai nul besoin d'avocat.

— Non, mais vous avez besoin d'une personne qui s'y connaisse en droit. Si Madame Dumesnil est bel et bien en danger, je ne peux certainement pas me montrer sourd à cela. D'autant plus que les indices trouvés chez l'éditeur tendent à abonder dans votre sens.

Le son d'un violon attira leur attention. À l'ombre des bâtiments, adossé au mur d'un troquet, un vieil homme jouait des notes entrainantes. Quelques jeunes gens se plaisaient à danser au rythme de la musique, peu indisposés par les passants qui les observaient. Benjamin parut décontenancé face à ce désordre.

— Mais que font-ils ?

Jeanne Tusseau lui jeta un coup d'œil amusé.

— Ils dansent, ne le voyez-vous pas ? Nous sommes le 14 juillet. Après tout, c'est une date importante de l'histoire de notre pays. Méfiez-vous, ce n'est pas une bonne époque pour les aristocrates.

Disant cela, un sourire espiègle étira ses lèvres rouges.

Une jeune cabaretière tendit les bras en voyant la bonne.

— Mam'selle ! Què'que vous faites don' par là ?

Elle jeta un œil à Benjamin.

— Ben dis donc ! On en voit pas beaucoup des comme ça par ici ! Mais ça fait deux en moins d'une semaine. Il faut croire que j'attire les aristos…

Elle éclata de rire devant l'air gêné de l'avocat puis se tourna vers Jeanne :

— V'nez faire quelques pas, j'sais qu'vous savez danser.

Jeanne rougit, mal à l'aise, mais Benjamin l'invita à rejoindre les autres d'un geste de la main. La jeune femme fut aussitôt entrainée dans une ronde et se perdit dans la foule en mouvement. Son visage s'éclaira et durant un instant, toute sa physionomie se transforma. Elle rayonnait. Jeanne revint vers Benjamin pour lui prendre la main. Ce dernier protesta mais il fut contraint de se joindre à elle.

Toutefois, alors qu'elle esquissait quelques pas, il ne put s'empêcher de remarquer que cela lui rappelait les danses de salon qu'il avait jadis pratiquées. Comment pouvait-elle les maitriser à ce point? Elle paraissait parfaitement à l'aise. Ses pieds suivaient une cadence que Benjamin lui-même peinait à suivre. Aucune hésitation, de la grâce et de la maitrise.

Il devenait évident qu'elle s'était souvent exercée.

Le violon se tut et un murmure de déception parcourut la foule. Jeanne en profita pour s'esquiver du lieu avec son employeur. Elle parut soudain hésiter, fit quelques pas en arrière et ramassa un feuillet tombé.

— Qu'est-ce?

— Il s'agit d'une réclame pour le prix littéraire angevin. Il est question de Monsieur Dumesnil, « *l'étoile angevine de l'écriture* »...

Elle plaça la feuille dans sa poche et tous deux repartirent en direction de l'office de police.

*

— Quelle piètre détective je ferais! soupira de désespoir Aurore Dupin en caressant Alfred.

Benjamin Moutier se mit à rire.

— Il eut été difficile dans de pareilles circonstances d'obtenir plus de détails sur les raisons de cette lettre. Toutefois, elle vous a confirmé l'avoir écrite.

— Oui, nous avons au moins eu cette information.

Benjamin s'approcha de la fenêtre et tira le rideau afin de garder la fraicheur de la pièce. Décidément, ce soleil ne les quittait pas. Toutefois, quelques nuages commençaient à apparaitre au loin. Un orage serait sans doute bénéfique pour la terre et les hommes.

L'avocat était rentré avant le déjeuner de sa course avec Jeanne Tusseau et s'était fait enlever par sa mère, repoussant de nouveau la conversation tant attendue avec Aurore. Mais l'heure de digestion était arrivée et avait amené Viviane Moutier à monter se reposer dans sa chambre. Benjamin avait saisi l'occasion de s'isoler avec l'écrivaine.

— Je me sens coupable vis-à-vis de mon amie… J'ai l'impression de lui cacher quelques secrets inavouables…

— Dites-vous plutôt que vous préservez ses nerfs. Elle vous en sera fortement reconnaissante.

— En attendant, il est bien compliqué de se parler. Car je n'ai pas évoqué que la lettre avec Aude Dumesnil…

Benjamin se tourna de nouveau vers elle.

— Oui ?

— J'ai aussi appris que notre petite Jeanne n'avait pas travaillé pour cette famille.

L'expression de l'avocat se fit plus sombre.

— Je m'en doutais… J'émets des réserves sur le passé de la jeune femme pour être honnête avec vous.

— Croyez-vous qu'elle nous mente ?

Il dodelina de la tête.

— Je pense qu'elle ne nous dit pas tout… Son comportement est celui de quelqu'un qui a évolué dans la haute société et pas en tant que domestique.

L'avocat fit part de ce qui s'était produit devant le troquet.

— Vous avez donc dansé vous aussi ?

— Oui, mais très mal, je l'avoue… Je pense que Jeanne porte un lourd secret qu'il lui est impossible de dévoiler. Un secret qui la lie d'une manière ou d'une autre à Aude et Antoine Dumesnil. Je suis de plus en plus persuadé que ce qu'elle dissimule nous empêche de dénouer tous les fils.

— Voulez-vous que je lui parle ?

— Je voudrais essayer de la questionner… J'ai comme qui dirait un petit compte à régler suite à notre première rencontre avec Jeanne.

Aurore Dupin sourit.

— Je vois que j'ai perdu votre confiance en ma capacité à mener des interrogatoires.

Benjamin s'installa face à elle.

— Loin de moi cette idée, reprit-il avec humour. Sachez que vous avez apporté des informations bien précieuses. Il eût été étonnant que Madame Dumesnil se confie si rapidement à vous. Nous aurons d'autres occasions de la rencontrer…

Aurore fronça les sourcils.

— Je dois vous avouer une chose. Je n'apprécie guère Antoine Dumesnil. Je ne sais pas si Jeanne a raison mais une chose est sûre, il ne m'inspire nullement confiance. Il se comporte comme un roquet avec sa femme à qui il ne laisse que peu de liberté. Il parait surveiller ses moindres faits et gestes et je suis certaine de l'avoir vu lui prendre son carnet pour regarder ce qu'elle avait pu écrire sur les précédents feuillets…

Benjamin Moutier acquiesça, soudain particulièrement contrit. Il se tourna comme pour s'assurer qu'ils étaient bien seuls.

— De mon côté, je dois vous confier quelque chose.

La dame se pencha, surprise par l'attitude de connivence qu'affichait le jeune homme.

— J'ai été mandé par Monsieur Dumesnil pour être son avocat.

Aurore Dupin exprima un dépit qui surprit Benjamin Moutier.

— Je ne souhaite pas que Jeanne le sache sans quoi, elle ne me fera plus confiance.

Aurore Dupin garda le silence avant de reprendre :

— Soit. Organisons donc la suite de nos recherches. Je vous propose de vous laisser interroger Jeanne sur son passé et je me charge d'en découvrir davantage sur les Dumesnil...

— Il est vrai que cela me permettrait d'éviter certains dilemmes. Toutefois, cette position me permet d'enquêter. Et justement...

— Oui ?

— Vous vous souvenez de la lettre que j'ai reçue hier après-midi ?

— Oui, tout à fait.

— J'avais sollicité le médecin qui s'est occupé du corps de Monsieur Balanquin. Les conclusions du décès sont des plus étonnantes.

— C'est-à-dire ?

— La morsure de ce type de serpent aurait dû entrainer différents symptômes qu'il n'a pas observés sur le cadavre. Il y a bien un choc à la tête provoqué par sa chute qui pourrait être la cause réelle de sa mort.

— Vous voulez dire qu'il serait décédé avant de se faire mordre ?

— Tout à fait.

— Mais alors…

— Alors il s'agirait bien d'un meurtre… Hier, Monsieur Dumesnil souhaitait m'entretenir à ce sujet. Je n'ai pas eu le temps de lui expliquer mes investigations, il s'est empressé de m'annoncer que l'enquête avait été clôturée par la police. La présence des faux trouvés chez l'éditeur viendrait justifier un suicide.

— Mais les conclusions du médecin ?

Benjamin soupira.

— Pour eux, il a bien été mordu avant de mourir mais étant tombé aussitôt, le poison n'aurait pas eu le temps d'agir sur le corps.

— Une théorie qui se tient selon vous ?

— J'en doute. Et je m'interroge d'autant plus vu le comportement de Monsieur Dumesnil si pressé de tourner la page de cette histoire.

Aurore Dupin frotta la tête d'Alfred qui ronronna d'aise.

— Sa réaction peut se concevoir. Il a dû se trouver soulagé de ne plus être soupçonné du meurtre de son éditeur.

— C'est vrai. Malgré tout, je ne suis pas convaincu. Et je dois vous confier que cela me met dans une situation cornélienne. Me voilà partagé entre mon devoir d'avocat envers Monsieur Dumesnil et…

— Et votre conscience…

Il inclina lentement la tête.

— Toutefois, je suis aussi parvenu à me procurer l'un des faux.

Benjamin Moutier se leva et récupéra des feuilles déposées sur l'un des meubles. Il les tendit à l'écrivaine.

— Ils sont extrêmement bien copiés. Qu'est-ce ?

— Des faux titres de bourse. De fausses actions si vous voulez.

— Qu'aurait-il pu en faire ?

— Les vendre. Apparemment, aux dires de Monsieur Dumesnil, Monsieur Balanquin aurait investi de façon hasardeuse ces derniers temps, poussé par la chance du moment. Or, il aurait perdu beaucoup au point de risquer la faillite. Acculé, il aurait préféré tenter par tous les moyens de retrouver des fonds et se serait procuré ces faux.

— Mais, vous avez lu ses livres de comptes. Rien ne vous a choqué.

— Non, mais je ne suis pas un expert dans le domaine de la gestion.

Des coups furent frappés à la porte et Jeanne Tusseau entra.

— Je m'excuse de vous déranger mais j'ai pensé que ceci vous intéresserait Madame.

Elle déposa la réclame rapportée.

— Nous l'avons trouvée... lors des courses de Monsieur. Il s'agit du prix littéraire angevin pour lequel Antoine Dumesnil serait favori. Il était dans ma poche et je l'avais presque oublié...

— Merci, mon enfant...

Aurore Dupin fronça les sourcils.

— La perspective de ce prix vous déplait-elle donc à ce point ? interrogea Benjamin.

L'écrivaine ne prêta pas attention aux dires du jeune homme et se saisit de nouveau des faux. Elle sursauta.

— Regardez !

Benjamin prit les deux feuillets.

— Je ne vois rien de spécial.

Jeanne se mit sur la pointe des pieds pour tenter de lire les documents au-dessus de l'épaule de l'avocat. Aurore Dupin abandonna Alfred sur le fauteuil qui émit un grognement de mécontentement.

— Les deux papiers sont identiques. Ils ont été fabriqués de la même façon et apparaissent bien plus foncés que les feuilles classiques. Et regardez !

La découpe du bas de page semblait aléatoire et montrait des irrégularités. En plaçant les deux papiers l'un sur l'autre, ces défauts se chevauchaient parfaitement.

— Ils doivent avoir été imprimés au même endroit.

Benjamin Moutier sourit franchement.

— Madame Dupin, vous êtes une enquêtrice hors pair !

Chapitre 6

Le temps menaçait fortement. Benjamin Moutier souhaitait se rendre dès le matin auprès des imprimeurs pour suivre la piste trouvée par Aurore Dupin et avait accepté la requête de Jeanne de l'accompagner. Il rejoindrait son office l'après-midi car plusieurs clients l'avaient contacté qui sollicitaient ses services. Toutefois, il aspirait à résoudre l'une des énigmes que recelait cette histoire. À savoir : qui était Jeanne Tusseau ? Il comptait profiter également de ce tête-à-tête pour tenter de répondre à la seconde question et remerciait secrètement Aurore Dupin de lui avoir confié cette mission.

Cette dernière, quelque peu fatiguée, lui avait fait promettre de lui résumer en détail leurs recherches matinales.

Angers comptait que peu d'imprimeries.

Le fiacre déposa les deux jeunes gens à la première adresse.

Benjamin Moutier présenta la réclame du prix littéraire mais le propriétaire affirma ne pas avoir reçu cette commande à réaliser.

Tandis que leur voiture les conduisait à la seconde imprimerie, Benjamin se décida à questionner Jeanne. Il avait préparé sa stratégie mais se sentait bien plus déstabilisé que lorsqu'il s'était agi de ses précédents clients. Il prit une grande inspiration avant de se lancer :

— Où aviez-vous travaillé auparavant ?

Jeanne leva ses yeux tavelés d'or sur le jeune homme et son regard se troubla.

— Je suis partie d'Angers il y a deux ans suite à mon emploi de femme de chambre chez Madame Dumesnil.

— Pourquoi être partie ?

— Je n'avais plus ma place après son mariage.

— Comment cela ?

— Monsieur Dumesnil avait ses propres domestiques. Ma présence n'était donc plus nécessaire.

— Et où êtes-vous allée ?

La domestique fronça les sourcils.

— Pourquoi me posez-vous toutes ces questions ?

— Eh bien…

Ils furent interrompus par l'arrêt brutal du fiacre. Jeanne descendit rapidement et suivit Benjamin à l'intérieur de l'entreprise. Elle sembla se crisper soudainement et les regards qu'elle jeta sur l'un des ouvriers n'échappèrent pas à l'avocat. Il dut reconnaître que la silhouette ne lui était pas étrangère mais impossible de resituer dans quel contexte il avait pu croiser ce personnage.

De nouveau, il observa les documents qui sortaient des presses et constata à première vue que le papier était différent de celui des faux.

Le chef d'atelier les accueillit. À la vue de l'affiche, il confirma en être à l'origine.

— Vous dites avoir réalisé ces réclames.

— Oui. C'est une commande de Monsieur Jossiot, l'éditeur. Il fait partie des organisateurs du prix.

— Pourtant, le papier semble différent de ceux qui sortent de chez vous.

L'homme prit la réclame et l'observa un court instant.

— En effet… C'est curieux parce que j'en utilise pas d'celles-là. Une erreur de livraison, c'est certain.

— Qu'ont donc ces feuilles de si spécial ? questionna Jeanne.

— C'est le procédé de fabrication qu'est différent. Ça donne des pâtes brunes, moins agréables à lire. Y a peu de personnes qui en achètent.

— Qui fabrique ces feuilles ?

— J'sais pas trop. Mais des fabricants, vous en avez dans toute la France…

Benjamin souffla de dépit entre ses dents.

— Après, il arrive que des clients exigent que ce soit fait avec un certain type de feuilles.

— C'était le cas pour Monsieur Jossiot ?

— Pas que j'me souvienne. Si on a eu des restes de celles-là, on a dû les réutiliser pour les finir…

L'homme s'interrompit.

— 'Tendez une minute.

Il alla dans son bureau et revint, un document à la main.

— J'm'en doutais ben ! Voilà c'qu'on a imprimé ici.

Benjamin se saisit du document. Le même texte mais le papier se trouvait bien plus clair.

— Je sais pas pourquoi cette feuille vous intéresse à ce point, mais c'est certainement juste une erreur d'un de mes gars.

Benjamin le remercia et emporta les deux modèles. Tout ceci manquait cruellement de fil à suivre et il peinait à voir quelle serait la prochaine étape de cette enquête.

— Pensez-vous qu'il s'agisse de Joseph Jossiot ?

L'avocat secoua la tête.

— Ces informations ne le confirment pas. Il n'a pas apporté le papier pour réaliser les affiches. Il peut s'agir de n'importe qui d'autre. Celui qui a fourni les feuilles pour réaliser des faux a dû en apporter plus que nécessaire et ces dernières ont été mélangées avec le reste du stock.

— Donc il y aurait un complice dans cette imprimerie ? …

— Peut-être. Mais il y a tant de passages que cela risquerait de prendre trop de temps d'enquêter sur tous les ouvriers qui travaillent ou y ont travaillé. Il nous faut, en premier lieu, suivre la piste des feuilles et tenter de voir si parmi nos suspects, certains en possèdent. Malgré tout, nous ne devons pas oublier l'hypothèse qu'un autre pion se trouve placé ici…

Jeanne se tut, se tenant face à lui dans la voiture et évitant clairement son regard.

Le ciel se zébra d'une lumière furtive et un coup de tonnerre résonna dans la campagne qu'ils atteignaient tout juste. Le bruit des gouttes de pluie heurtant le toit de leur véhicule commença à se faire entendre.

Benjamin n'aurait plus beaucoup de temps seul avec la jeune domestique. Il prit le parti de poursuivre son interrogatoire.

— Vous ne m'avez pas répondu tout à l'heure.

— Pardon, Monsieur ?

L'introduction du« Monsieur » marquait chez la jeune femme une distance qu'elle souhaitait apparemment voir instaurée de nouveau.

— Vous ne m'avez pas dit où vous étiez partie après avoir quitté le service de Madame Dumesnil.

— J'ai voyagé.

— Où ?

— Suis-je obligée de répondre, Monsieur ? Doutez-vous encore de ma loyauté envers votre mère ?

— Je m'interroge… sur vous.

— Il n'y a rien que de très banal.

Elle porta son attention au-delà de la fenêtre du fiacre.

— Je n'en suis pas si sûr pour ma part.

Ils franchirent le portail de la propriété des Moutier. L'avocat sentit qu'il allait perdre la bataille. L'obstination de la domestique l'exaspérait. Son ton se fit plus dur.

— Jeanne, soyez un peu honnête. Vous n'avez jamais travaillé chez Madame Dumesnil, que ce soit avant ou après son mariage.

Elle le dévisagea, blême.

— Monsieur, je ne vous permets pas !

— Aude Dumesnil a affirmé ne pas avoir eu de domestique ayant votre prénom. Allez-vous me faire croire que vous l'avez modifié ?

Elle redressa le buste, tentant apparemment de garder une certaine contenance. Une forme de fierté transpirait dans cette attitude qu'elle affichait bon an mal an.

Le fiacre s'arrêta. Elle s'apprêtait à ouvrir la portière lorsque Benjamin posa sa main sur son bras pour l'arrêter.

— J'ai du travail qui m'attend, Monsieur.

Sa voix se voulait neutre mais il sentit qu'elle tremblait. Elle força le passage et se mit à courir sous la pluie pour rejoindre l'arrière de la demeure.

Désappointé et furieux contre lui-même, Benjamin hésita quant à la réaction à adopter. Il se décida brutalement et prit le même chemin que la jeune femme.

L'eau s'écoulait sur son chapeau et ses vêtements. Alors qu'il contournait la maison, il vit la porte des écuries se refermer. Se doutant de son trouble, il imagina fort bien que Jeanne s'y fût réfugiée. Il y entra à son tour et la trouva à faire les cent pas. Elle se figea en le voyant. Son visage brillait sous l'effet de l'eau qui ruisselait encore de son bonnet. Benjamin Moutier sentit son cœur se serrer face à cette jeune femme qui provoquait tant d'émotions contradictoires en lui.

— Monsieur, cessez de m'importuner.

La voix de l'avocat, au comble de l'agacement, tonna dans l'espace clos :

— Je veux savoir la vérité !

— La vérité n'est pas belle.

— Quelle que soit son apparence, je souhaite la connaitre.

Il s'approcha et la domina de sa hauteur.

— Je crois que les deux histoires sont liées. Je crois que vous en savez bien plus sur Aude Dumesnil et son époux que vous ne vous autorisez à nous le dire et cela pour dissimuler quelque chose qui vous effraie. Or, en masquant la vérité, vous nous empêchez de vous aider.

Jeanne se montrait extrêmement agitée et il parut évident à Benjamin qu'un combat intérieur la dévorait. Il s'enfonça dans la brèche qu'il devinait.

— Je vous en prie, faites-moi confiance.

— Vous ne comprenez pas ! J'ai mis tant de temps à enterrer le passé, à faire une croix sur mon histoire. Je ne pouvais plus supporter de vivre avec tous ces gens qui se délectaient d'un scandale offert sur un plateau d'argent !

— Que voulez-vous dire ?

— Vous ne savez pas ce que c'est, Monsieur Moutier, de tout perdre ! Vous ne savez pas ce que c'est de devoir renoncer à tout… Vous avez tellement peur d'écorcher votre image et votre réputation que vous cherchez à tout prix à prouver que votre client est innocent ! Faites donc preuve de probité ! Mais vous êtes aveugle, Monsieur Moutier, vous êtes aveugle !

Benjamin recula sous l'assaut.

— Que voulez-vous dire par là ?

La voix de Jeanne retomba, lasse.

— Je sais que vous êtes l'avocat de Monsieur Dumesnil. Tout se sait chez les petites gens…

— Je suis son avocat, mais je suis aussi un homme de loi et mon but est de découvrir la vérité. Tout comme Madame Dupin qui vous apprécie sincèrement.

— Si je vous dis… Si je vous raconte mon histoire… vous m'abandonnerez…

Elle traversa l'espace qui la séparait de la porte si rapidement que le jeune homme n'eut pas le temps de l'arrêter. Il la poursuivit et parvint à la rattraper avant la maison. La pluie s'abattait sur eux, inlassablement mais il n'y prêta pas attention. Il tenait les bras de la jeune femme serrés entre ses mains. Leurs visages se frôlaient presque.

Benjamin secoua la tête.

— Je ne vous abandonnerai pas. Je vous le jure, je ne vous abandonnerai jamais…

Jeanne sembla chercher la vérité dans le regard de Benjamin. Une dernière larme s'échappa de ses yeux et s'écrasa sur son vêtement.

*

Aurore Dupin se trouvait perdue dans ses pensées. La musique qui se répandait dans le jardin du Mail de la ville lui faisait l'effet d'une douce mélodie accompagnant ses tristes rêveries. Comment ne pas être touchée par l'histoire de Jeanne Tusseau ?

Benjamin lui avait rapporté les confidences de la jeune bonne. Il poursuivait son enquête sur la jeune femme et tous deux avaient convenu qu'une visite chez le notaire de la famille s'imposait.

Mais Aurore Dupin ne pouvait chasser de son esprit ce récit de son histoire qui l'avait bouleversée. Aurore Dupin repassait en boucle les évènements qui s'étaient produits deux ans plus tôt, tentant de s'en faire le récit le plus juste possible.

Alors que le phylloxera frappait différents vignobles français, une famille de producteurs d'Anjou en avait été victime. Il s'agissait des Vannier, les parents de Jeanne. Sa mère faisait partie de la noblesse, elle était née de Tusseau mais avait épousé un riche propriétaire terrien en s'opposant à l'avis de sa famille. Monsieur Vannier et sa femme formaient un couple soudé. Ils eurent deux enfants : Jeanne et son frère aîné, Martin. Ce dernier était fiancé à Aude.

Mais lorsque la maladie avait frappé leurs vignes, les Vannier avaient tout perdu. Les précédentes récoltes n'avaient pas permis d'assurer le maintien du domaine. Son père avait tenté de trouver des solutions, il s'était même vu proposer de racheter des parts dans le commerce que souhaitait développer Monsieur Gaucher, chocolatier à Angers. Mais l'affaire avait échoué pour des raisons que Jeanne ignorait.

Face à un tel déshonneur, son père avait mis fin à ses jours. De douleur, son épouse l'avait suivi dans la tombe. Seuls face à cette tragédie, les deux enfants n'avaient reçu aucune aide. La famille de leur mère ne souhaitait plus avoir affaire à eux et leur père était fils unique, sans lien connu, si ce n'est une vieille tante que Jeanne ne désirait nullement rencontrer. Elle s'était enfuie et avait cherché du travail. La domestique avait appris par la suite que son frère l'avait vainement recherchée avant de quitter la France.

Ces jeunes gens avaient tout perdu...

— Quelle mélancolie !

Viviane Moutier arracha Aurore Dupin à ses pensées. Cette dernière crut un instant que son amie avait lu en elle. Bien que cela lui parût improbable car Benjamin s'était abstenu d'informer sa mère de la situation.

Mais la dame fixait son regard sur les musiciens regroupés dans le kiosque du Mail. Des formes végétales décoraient ce lieu unique et lui conférait une allure d'une beauté immarcescible. Un concert y était organisé et Viviane s'était fait une joie d'amener son invitée écouter le petit orchestre. L'après-midi touchait à sa fin. L'orage qui avait éclaté la veille avait fait retomber les températures, rendant l'atmosphère plus agréable.

Viviane se pencha vers son amie.

— Ne trouvez-vous pas que cette musique provoque un sentiment de mélancolie ?

Aurore reporta son attention sur l'air qui s'achevait.

Une silhouette se redressa qu'elle reconnut immédiatement. Vouté, le nez droit et long, des yeux fins et perçants... Aurore Dupin avait gravé cette description dans son esprit et ne douta nullement de l'identité du personnage.

Le public quittait progressivement le jardin. Aurore Dupin glissa à son hôte.

— Il me semble avoir reconnu Monsieur Jossiot. Peut-être pourrions-nous aller le saluer ? Je serais ravie d'en savoir plus sur le prix littéraire à venir.

Viviane rayonna.

— J'étais sûre que cet évènement vous plairait !

Les deux femmes se faufilèrent parmi la foule et parvinrent jusqu'à Joseph Jossiot. Ce dernier parut surpris en les voyant approcher mais s'inclina respectueusement lorsqu'elles furent devant lui.

— Mesdames, quel plaisir de vous voir ici ! Vous êtes toutes deux éblouissantes.

— Vous êtes toujours aussi flatteur, pouffa Viviane Moutier.

Ou flagorneur, songea Aurore Dupin.

— Mon invitée ici présente, qui est aussi la célèbre écrivaine connue sous le nom de George Sand, me faisait part de son intérêt pour le prix littéraire que vous aviez organisé.

— Je me souviens parfaitement de notre rencontre au diner des Dumesnil. Quant au prix, je n'en suis qu'un modeste contributeur. Mais je serai ravi de vous renseigner, ajouta-t-il à l'attention de l'écrivaine.

— Eh bien, pour être sincère, je me demandais comment étaient choisis les concurrents à ce prix ?

— Nous avons ciblé des auteurs nouvellement publiés, de futurs Rousseau, ou Baudelaire, pour ne citer qu'eux…

— Ou George Sand, souffla Viviane.

Un sourire pincé fendit le visage de Joseph Jossiot.

— Exactement.

Aurore Dupin ne releva pas la joute verbale et poursuivit son idée.

— J'ai cru comprendre qu'Antoine Dumesnil faisait partie des favoris, si j'ose m'exprimer ainsi.

— Je ne peux le nier.

— C'est un homme fort appréciable, en plus d'avoir une plume incroyable. Il me semble que vous étiez également au théâtre avec Monsieur Dumesnil, il y a quelques jours de cela.

— Je l'ai bien accompagné avec son épouse pour assister à la représentation dont beaucoup parlaient en ville. J'avoue en avoir été quelque peu déçu…

— Il s'agissait également du soir où est mort Monsieur Roger Balanquin. Une rumeur semblait courir à ce sujet : Monsieur Dumesnil aurait été le dernier à l'avoir vu vivant.

— C'est exact. Ils se sont retrouvés après la pièce.

— Un tel scandale pourrait-il faire perdre ses chances à Monsieur Dumesnil ? Ce serait terriblement dommage.

Aurore Dupin joua l'affliction tout en se questionnant sur sa crédibilité. Ses qualités d'actrice s'étaient révélées tôt au couvent, mais encore fallait-il qu'elle fût encore en mesure de convaincre à son âge.

Joseph Jossiot commençait à montrer des signes d'impatience mais parvenait toutefois à les contrôler.

— La police a conclu à un suicide. Il aurait… fait des choix malheureux qui l'auraient poussé à cette extrémité.

— Tout de même, si Monsieur Dumesnil se trouve être le dernier à avoir discuté avec son éditeur… Vous ne l'aviez pas accompagné ?

Joseph Jossiot dévisagea Aurore Dupin. Celle-ci sentit qu'elle avait manqué de subtilité. Son impression se confirma lorsque son interlocuteur éclata de rire.

— Songeriez-vous que je sois le meurtrier ?

— Pas du tout et pardonnez mes propos s'ils vous ont laissé croire cela.

— Vous êtes pardonnée. J'ai bel et bien abandonné Monsieur et Madame Dumesnil devant leur fiacre aux abords du théâtre et m'en suis retourné rapidement chez moi.

Il les salua et reprit le chemin pour quitter le Mail mais fit volte-face au dernier moment.

— Et... je n'aurais aucun intérêt à vouloir forcer la chance. La roue tourne toujours et sourit aux audacieux !

Joseph Jossiot souleva son chapeau et disparut parmi les passants.

*

Benjamin Moutier avait déposé sa mère et Aurore Dupin au Mail pour un concert. Il comptait profiter de ce temps pour rencontrer l'ancien notaire des Vannier et poursuivre cette enquête. Aurore Dupin et lui-même n'en avaient soufflé mot à Jeanne Tusseau mais elle se doutait qu'ils n'arrêteraient pas là leurs investigations.

La jeune femme s'était renfermée suite à l'évocation de son passé et maintenait une distance entre eux. Elle avait évité de le croiser depuis la veille et semblait gênée face à Aurore Dupin.

Retrouver les éléments qui manquaient et résoudre cette affaire serait sans doute le moyen de laver l'honneur de sa famille.

Alors qu'il entrait dans l'office notarial, il sourit au souvenir de leur première rencontre. Il ne pouvait nier qu'elle avait su provoquer chez lui une émotion bien différente. Jeanne possédait une force de caractère qu'elle ignorait elle-même et cette apparente fragilité cachait une immense détermination. Il était bien décidé à l'aider. Quoi qu'elle ait pu croire concernant ses éventuels états d'âme concernant son client, Antoine Dumesnil, il ne faillirait pas dans le serment de respecter la loi et de la défendre. Le regret d'avoir manqué d'honnêteté envers elle se faisait sentir mais Benjamin balaya ces pensées, convaincu suite à la réaction de Jeanne qu'il n'avait pas eu tout à fait tort de lui mentir. Cependant, il ne pouvait nier qu'il y avait certainement un fond de vrai dans les propos de la jeune femme. L'avocat tenait aussi à s'assurer une belle clientèle qui commençait à se présenter auprès de lui. Jusqu'où irait son engagement envers Antoine Dumesnil ? …

Il préféra se concentrer sur l'entretien qui l'attendait et avança d'un pas énergique vers le bureau que le secrétaire lui indiqua.

Un vieil homme se trouvait plongé dans la lecture de quelques documents officiels. Des cheveux blancs disparates couvraient autant que faire se peut un crâne rond mais tavelé par la vieillesse. Une cloison nasale épaisse retenait un pince-nez aussi ancien que son propriétaire. Les joues de l'homme tombaient mollement et seules les rides du sourire venaient égayer ses traits sombres. Mais lorsqu'il leva la tête en entendant Benjamin, ses yeux noirs reflétèrent toute l'intelligence et la vivacité d'esprit qui animait encore le notaire.

L'avocat le salua rapidement avant de se présenter.

— Monsieur Moutier, je suis ravi de vous rencontrer enfin. On parle beaucoup de votre retour en ville et de votre installation professionnelle.

— L'été est plutôt calme, sans quoi mon arrivée serait sans doute passée inaperçue.

— Vous êtes trop modeste.

— Et c'est moi qui vous remercie, Monsieur Poiseau de me recevoir.

Le notaire l'invita à s'assoir.

— Que puis-je pour vous ?

— Je souhaitais vous rencontrer car j'enquête pour un client sur une ancienne famille de la région. Il s'agit des Vannier.

Monsieur Poiseau retira son pince-nez et se cala dans son fauteuil. Sa voix se fit plus lasse.

— Je me souviens parfaitement de cette famille… Une bien triste histoire.

— J'ai recueilli quelques éléments mais certains faits me paraissent obscurs.

— Je vous écoute.

Benjamin relata ce qu'avait exposé Jeanne sans pour autant préciser la source de ses renseignements.

— Vous avez en effet connaissance des grandes lignes.

— Mais je ne comprends pas, par exemple, pourquoi l'accord avec le chocolatier Gaucher ne s'est pas conclu.

— Mon cher, vous n'auriez jamais pu le savoir…

Benjamin Moutier fronça les sourcils

— Comment cela ?

Le vieil homme soupira et dodelina de la tête.

— Vous ne pouvez pas le savoir parce que nous ne sommes que deux à connaitre les raisons… Monsieur Gaucher et moi-même.

Monsieur Poiseau leva un regard clair sur le jeune homme.

— Ces éléments ne serviront que votre affaire et ne seront nullement divulgués ?

— Bien sûr !

— Cette famille a connu assez de tragédies. Et même s'ils ont tous disparu, d'une manière ou d'une autre, par respect pour leur mémoire, je ne voudrais pas que ceci soit porté à la connaissance de la populace.

Il prit une grande inspiration :

— Les Vannier s'apprêtaient à tout perdre à cause du phylloxera. Monsieur Vannier avait bien tenté d'acheter quelques actions pour redresser la barre mais elles n'avaient pas apporté ce qu'il escomptait et il se trouvait presque ruiné. Monsieur Gaucher, qui le connaissait depuis quelques années lui a proposé d'investir dans l'entreprise qu'il allait ouvrir, bien plus grande que sa précédente chocolaterie. Tout était prêt et nous nous sommes retrouvés chez Monsieur Vannier pour la signature de l'accord. Mais alors que nous sortions les papiers, Monsieur Gaucher est devenu furieux. Il a expliqué que Monsieur Vannier s'apprêtait à acheter ses parts avec des faux et tentait de le tromper. Intrigué, j'ai regardé les documents en question. Il se trouvait en effet que les titres de bourse se révélaient être falsifiés. Je peux le certifier…

Le vieil homme sembla chercher ses mots.

— Monsieur Vannier paraissait sous le choc. Le chocolatier est parti en claquant la porte. Je l'ai suivi et ai tenté de le raisonner et de le retenir. Quelques instants plus tard, nous avons entendu une détonation. Le père de famille venait de mettre fin à ses jours dans la bibliothèque.

Monsieur Poiseau garda le silence un instant. Benjamin Moutier imaginait parfaitement la scène et mesurait le traumatisme que ceci avait dû provoquer chez Jeanne et son frère.

— J'ai convaincu Monsieur Gaucher de ne pas ébruiter cette histoire de faux. D'autant que nous n'avons jamais pu les retrouver. Ils avaient disparu…

— Vous voulez dire qu'ils n'étaient plus dans le bureau ni dans la bibliothèque.

— Disparus, envolés… Nous avons bien pensé que Martin, son fils, s'en était emparé pour les brûler mais il a juré qu'il ne les avait pas vus. Je vous avoue que nous avons parfois envisagé avec Monsieur Gaucher les avoir imaginés. D'autant que je connaissais trop les Vannier pour penser qu'il ait pu tomber si bas. L'épouse de Monsieur Vannier est morte quelques jours plus tard, emportée par le chagrin. Elle laissait deux enfants, Martin, 19 ans et Jeanne, 17 ans. J'ai cherché des proches pour les confier à leurs bons soins. Il n'y avait qu'une tante éloignée du côté de leur père. Mais tout ceci s'est révélé inutile. Les deux jeunes gens se sont volatilisés.

— J'ai cru comprendre en effet que le fils avait tenté de retrouver sa sœur avant de quitter la France.

Le notaire haussa les sourcils.

— Je ne sais pas qui vous a raconté cela mais ce n'est pas exact. Martin Vannier s'est enfui juste après la mort de sa mère. La rumeur de sa culpabilité quant au décès de son père s'est répandue comme une trainée de poudre. Je ne vous cache pas que j'ai quelque idée sur le malandrin qui a pu laisser échapper ces insanités.

— À qui pensez-vous ?

Le vieil homme fixa de nouveau son pince-nez.

— Eh bien, cela serait venu d'Antoine Dumesnil que je n'en serais pas étonné. Il avait été séduit par Aude, la fille Vaubert. Le rival le gênait. Il faut dire que leur discorde ne datait pas d'hier. Ils étaient tous deux au même collège et ne partageaient apparemment pas les mêmes valeurs…

Benjamin acquiesça, pensif puis leva un sourcil.

— Une chose m'intrigue. Monsieur Vannier connaissait vos compétences. Il était certain que vous auriez rapidement su déceler des faux. Pourquoi les aurait-il ainsi présentés en votre présence si ce n'est… ?

— Parce qu'il ne savait pas lui-même qu'ils étaient faux…

— Il n'a pas dit comment il se les était procurés ?

— Il n'en a pas eu le temps. Lorsque Monsieur Gaucher a quitté la pièce, Monsieur Vannier était encore abasourdi et n'avait pas ouvert la bouche. Quel malheur ! …

Le vieil homme montrait une réelle affliction. Benjamin osa une dernière question.

— Savez-vous comment Monsieur Gaucher a été informé de l'éventualité de ces faux ?

— Des rumeurs apparemment. Mais c'est Monsieur Jossiot, l'éditeur, qui lui aurait donné les éléments à ce sujet.

Le notaire parut hésiter avant d'achever son récit.

— En fait... c'est aussi Monsieur Jossiot qui a racheté les terres de Monsieur et Madame Vannier.

*

— Impossible!

Jeanne Tusseau se tenait devant la cheminée éteinte de la bibliothèque. Alfred se frottait à ses jupes dans l'attente de caresses.

Or, la jeune femme était tout à l'émotion qui l'étreignait. Aurore Dupin ressentait beaucoup de peine pour elle.

Benjamin Moutier et l'auteure avaient souhaité s'entretenir avec Jeanne après le diner. Viviane s'était retirée, épuisée par leur promenade en ville.

L'avocat avait alors narré son entretien avec le notaire. Jeanne avait perdu le rose de ses joues mais se tenait très droite, digne malgré les soupçons qui pesaient sur sa famille.

— Tout ceci est ridicule! Mon père n'aurait jamais fait une telle chose...

Benjamin fronça les sourcils.

— Vous ne semblez pas étonnée par l'accusation.

Elle évita le regard du jeune homme et d'Aurore Dupin qui ne la quittait pas des yeux.

Jeanne prit une grande inspiration.

— J'avais eu vent de cette histoire... Mon frère... Martin m'avait dit qu'il avait été question de documents falsifiés utilisés par mon père. Mais je ne peux pas le croire.

— Avez-vous vu ces papiers ? questionna, avec douceur, Aurore Dupin.

— En aucun cas ! Personne ne les a vus si ce n'est ce Monsieur Gaucher et le notaire. Mais ils mentent. La police n'a pas pu remettre la main sur ces soi-disant documents !

L'auteure se leva et s'approcha de la jeune femme. Elle posa la main sur le bras de Jeanne qu'elle sentit tressaillir sous ses doigts.

— Nous voulons vous aider. Nous ne vous jugeons pas, rassurez-vous.

Jeanne leva les yeux sur la dame et acquiesça lentement.

— Pardonnez ma colère mais tout ceci n'a aucun intérêt ! Cette histoire remonte à plus de deux ans maintenant. Savoir si ces titres de bourse ont existé ou non ne fera pas revenir ma famille. J'ai tout fait pour oublier. Je ne veux pas rouvrir ces plaies en me rappelant ces souvenirs.

Aurore Dupin tapota la main de la jeune femme avant de l'entrainer sur le fauteuil à ses côtés.

— Je comprends.

— Moi aussi, renchérit Benjamin. Mais concevez que le lien puisse apparaitre rapidement entre les deux affaires. Dans le cas de la mort de vos parents comme dans celui de Monsieur Balanquin, nous avons retrouvé de faux titres de bourse.

— Rien ne le prouve pour mes parents.

— Votre frère pourrait nous en dire davantage.

— Je n'ai aucune idée de l'endroit où il vit maintenant. J'ai fait en sorte de disparaitre et il en a fait autant.

— Malgré ses vaines tentatives pour vous retrouver…

Le ton caustique de Benjamin n'échappa pas aux deux femmes.

— Oui, pourquoi dites-vous cela ?

— Assez Mademoiselle Tusseau ! Si vous souhaitez que l'on vous aide, dites-nous la vérité !

Benjamin s'installa avec vivacité près de Jeanne, ce qui la fit frémir.

— Votre frère s'est enfui parce qu'il a été accusé du meurtre de votre père.

Les joues de la jeune femme s'empourprèrent et elle bondit du fauteuil.

— Ce ne sont que des inepties formulées par des personnes jalouses !

— Jalouses ? Vous parlez d'Antoine Dumesnil… suggéra Aurore Dupin.

— Oui ! Je veux parler d'Antoine Dumesnil. Cet homme détestait mon frère depuis…

— Depuis ? …

L'auteure perçut l'hésitation dans la voix de Jeanne. La fureur se lisait sur ses traits. Mais elle avait certainement besoin de parler et d'exprimer ce qu'elle retenait depuis tant de temps maintenant.

— Depuis le collège. Tous deux se détestaient. Antoine Dumesnil se comportait en autocrate avec tous leurs camarades. Martin le haïssait mais il n'avait jamais osé rien dire jusqu'à ce jour.

Les deux enquêteurs se turent, laissant la jeune femme reprendre son souffle.

— Antoine Dumesnil et plusieurs de ses acolytes ont pris à partie un pauvre malheureux qui venait d'arriver dans l'établissement. Ils l'ont maltraité, humilié, allant jusqu'à lui verser les pots de chambre qu'ils avaient collectés. Mon frère s'est senti obligé de réagir et a signalé l'incident, ce qui a entrainé le renvoi d'Antoine Dumesnil. Son père était fou de colère et a envoyé son fils à Paris.

— Il y a de quoi nourrir une certaine rancune, effectivement, souffla Aurore Dupin. Et dans les deux sens.

Jeanne se mit à arpenter la pièce d'un pas nerveux.

— Ils ont dit que mon frère s'était disputé avec notre père peu de temps avant sa mort. Ils ne partageaient pas le même avis concernant les solutions éventuelles afin d'éviter notre ruine. Je n'en sais pas plus, je vous le jure mais ce dont je suis certaine, c'est que jamais mon frère n'aurait tué mon père.

— Pour quelle raison a-t-il fui ? s'enquit l'écrivaine.

— Je ne sais pas ! J'étais partie moi-même retrouver une ancienne camarade de couvent qui avait accepté de me loger quelque temps chez ses parents jusqu'à ce que je trouve un premier emploi comme préceptrice pour l'une de ses cousines. Puis, j'ai voulu revenir à Angers, trop inquiète pour Aude et c'est comme cela que j'ai trouvé une place de bonne.

— Vous auriez pu occuper un poste bien plus en accord avec votre passé.

— Je souhaitais tout oublier. Et surtout, j'avais conscience qu'ainsi je ne risquais pas d'être remarquée. Aucun aristocrate ne prête attention aux petites gens…

Aurore Dupin fut tentée de répondre qu'il n'en était pas ainsi pour tous, mais préféra s'abstenir. Elle poursuivit son idée :

— Il n'y a personne qui puisse nous dire où il vivrait ?

Jeanne hésita.

— Peut-être… Mais jamais elle n'osera avouer une quelconque correspondance avec Martin.

— Vous pensez à Aude Dumesnil.

— En effet. Malgré la rupture de leurs fiançailles, je doute qu'elle l'ait oublié si vite. Tous deux s'aimaient… Pas assez visiblement.

Aurore Dupin tapa dans ses mains.

— Soit ! Eh bien il nous faudra tout faire pour retrouver votre frère et savoir ce que sont devenus ces faux… s'ils ont bel et bien existé.

— Si nous les trouvons, nous pourrons les comparer avec ceux découverts chez Roger Balanquin. Restera à savoir qui aurait pu les réaliser. Notre visite chez les imprimeurs ne nous a pas appris grand-chose. Mais les feuilles constituent toujours une piste intéressante.

— Il ne sera sans doute pas simple de vérifier que des individus tels que Monsieur Jossiot en possède, souligna Aurore Dupin.

Elle relata sa conversation avec l'éditeur suite au concert.

— Je n'ai malheureusement pas appris grand-chose et il ne m'a certainement pas avoué une quelconque responsabilité dans l'affaire de Roger Balanquin.

— Mais le fait qu'il ait été l'informateur de l'existence des faux ne doit pas être oublié. Si ce n'est pas Jossiot qui est à l'origine de l'écriture de ces documents falsifiés, il peut nous conduire à la bonne personne.

Aurore Dupin croisa ses mains sur sa robe et se laissa retomber dans son fauteuil. Alfred en profita pour sauter sur ses genoux.

— Joseph Jossiot est forcément lié à l'histoire de vos parents. Sans compter que c'est lui-même qui a racheté vos terres. J'ai manqué de finesse et il nous faudra sans doute user d'une tout autre stratégie, soupira Aurore Dupin.

L'avocat éclata d'un rire franc.

— Vous voilà prête à vous reconvertir !

— Je vis les romans que je me plais tant à écrire. De quoi me plaindrais-je ?

— En tout cas, vous ne manquez pas d'idées. N'est-ce pas Jeanne ?

La jeune femme, les yeux tournés vers les jardins, sursauta à l'évocation de son prénom. Elle parut troublée un instant mais se ressaisit.

— Tout à fait, Monsieur.

Aurore Dupin jeta un regard vers l'extérieur et crut distinguer une ombre se mouvoir dans l'obscurité naissante. Mais l'impression s'évanouit très rapidement. Un simple mirage, sans doute.

Jeanna s'éclipsa pour ranger les tasses. Aurore Dupin observa un instant le jeune homme.

— Vous semblez soucieux, mon jeune ami.

— Sans doute.

— Vous craignez de nouveaux mensonges ?

— Je crains que les raisons pour lesquelles nous sommes partis dans cette enquête ne soient plus aussi louables que je le pensais au départ. S'agit-il vraiment de sauver Aude Dumesnil ou de venger l'honneur du frère de Mademoiselle Tusseau ? …

CHAPITRE 7

Jeanne Tusseau s'approcha des bâtiments. La fin d'après-midi s'étirait lentement et un doux soleil avait remplacé les nuages gris présents depuis l'orage. La ville achevait sa journée et chacun prenait le chemin du retour.

La jeune femme se posta sur le trajet qu'elle savait emprunté par Hugo Malmaison. Son congé lui offrait l'occasion d'aller questionner le jeune homme car bien des interrogations avaient tourné dans son esprit depuis ces derniers jours. Elle voulait creuser la piste de l'imprimeur sans pour autant mettre son ancien ami dans une situation délicate.

Elle tenta de reprendre le fil de ses pensées et d'oublier le cauchemar qui l'avait tenue éveillée une bonne partie de la nuit. Elle avait rêvé du serpent qui l'avait tant effrayée dans la cuisine. L'animal ne cessait de la poursuivre, rampant sur les carreaux froids de son ancienne demeure. Jeanne avait beau fuir, il se trouvait toujours sur ses talons.

Aurore Dupin lui avait expliqué ce qu'il représentait dans certaines croyances paganistes. Elle semblait bien s'y connaitre sur cette question et lui avait longuement raconté quelques légendes de son pays.

Une silhouette familière franchit enfin la porte de l'imprimerie. Jeanne sursauta et vint à la rencontre du jeune homme qui ralentit en la voyant.

— Tu sembles étonné de me voir.

— Vous devriez pas être chez les Moutier ?

— Je pensais que tu voulais me parler.

— Pourquoi vous pensez ça ?

— Parce que je t'ai vu dans le jardin de mes employeurs hier soir.

Les yeux d'Hugo s'écarquillèrent et sa bouche peina à laisser échapper le moindre son.

— Ne nie pas, je te connais et je sais que c'était toi. Pour quelle raison es-tu venu ? Tu souhaitais… poursuivre notre précédente conversation ?

Hugo parut encore hésiter, puis tout son corps se détendit brutalement.

— Je suis venu voir si tout allait bien.

Jeanne retint un sourire. Malgré la dureté de ses propos, il s'inquiétait encore pour elle. Après tout, combien de fois s'étaient-ils disputés, enfants, pour mieux se réconcilier ensuite ?

— Si tout allait bien ? Mais pour quelle raison cela n'irait pas ?

— Vous n'êtes pas une domestique. Tout ça, c'est juste une… erreur !

— Une erreur ? Comment peux-tu parler d'erreur ?

— Vous ne devriez pas travailler comme ça. Vous auriez dû aller dans votre famille, en attendant de vous marier.

Jeanne secoua la tête, agacée.

— Ce n'est pas à toi de décider ce que je dois faire ou non. Quant à rejoindre cette vieille tante dont se moquaient souvent mes parents à cause de sa pingrerie, pas question !

Elle fit un pas vers le jeune homme qui recula, surpris.

— Quant à toi, j'aimerais que tu me dises ce que tu sais sur les activités de cette imprimerie.

— Comment ça ?

Elle sortit une feuille de sa poche. Hugo fronça les sourcils, dubitatif.

— Une réclame pour le prix littéraire et alors ?

— C'est toi qui as fait ça ?

— P't-être... On travaille en général à plusieurs sur une même commande. J'me souviens pas de toutes les feuilles que j'ai sorties.

— Tu pourrais vérifier qui était en charge de cela ?

— Pourquoi ?

— Ce serait trop long à expliquer. Mais... il est possible que cette feuille nous amène au responsable de la mort de Roger Balanquin.

Hugo tressaillit.

— Le responsable de la mort de l'éditeur ? Il a été mordu par un serpent !

— Oui, mais il était mort avant. Ce n'est qu'une ruse du meurtrier pour laisser penser qu'il s'agissait au mieux d'un accident, au pire d'un suicide.

— Vous changez de métier maintenant et remplacez la police.

Jeanne offrit un sourire taquin.

— Tu sais que j'ai toujours fait preuve de curiosité.

Hugo inclina la tête et sourit à son tour.

— Oui. Et j'me rappelle que ça vous a souvent attiré des ennuis. Comme avec Gustave Vaubert.

— Gustave se montrait toujours hautain avec Aude. Il refusait que l'on entre dans son bureau sous prétexte que l'on ne comprenait pas son travail.

— Mais vous êtes quand même entrées et vous l'avez payé cher toutes les deux.

— Nous avons été punies pendant un mois. Interdiction de nous voir.

Ses pensées se perdirent un instant dans le passé et elle se mit à rire.

— Cependant, ce n'était pas la première bêtise que nous faisions et encore moins la dernière…

— Aude vous suivait. On vous suivait… On vous aurait suivie dans la Maine si vous aviez sauté.

Jeanne se tourna vers Hugo dont le regard brillait d'une étrange lueur. Il toussa avant de questionner.

— C'est pas l'écrivaine, George Sand, qui est de passage chez votre maitresse ?

Jeanne le fixa une seconde, interrogative.

— Oui, mais quel est le rapport ?

— J'crois que son imagination déteint sur vous ! Personne n'a tué Roger Balanquin à part lui-même.

— Et comment peux-tu en être si certain ?

— Parce que les rumeurs en ville s'trompent rarement. Vous mesurez maintenant comme les nouvelles se répandent vite chez les pauvres. S'il y avait eu le moindre soupçon, on en aurait entendu parler.

— Et Antoine Dumesnil ? Il était le dernier à avoir vu Roger Balanquin vivant.

Hugo hocha tristement la tête et posa sa main sur l'épaule de la jeune femme dans un geste empreint de douceur.

— La haine que vous avez envers lui vous aveugle. Madame Dumesnil a fait son choix. C'était pas contre vot' frère ni contre vous.

Jeanne se dégagea, furieuse.

— Aude n'est pas heureuse !

— Vous pensez qu'elle est pas heureuse parce que vous êtes persuadée que vous aviez raison. Vous êtes tellement persuadée qu'il l'aimait pas que vous voulez pas voir que ça la satisfait tout ça.

— Qu'en sais-tu ? Tu ne la vois plus !

— J'ai eu plusieurs occasions de la croiser.

Hugo mit ses mains dans ses poches et soupira en levant le nez au ciel.

— Il est tard. Vous devriez pas trainer ici. C'est pas le lieu pour une jeune femme. Prenez soin de vous et restez à l'écart des Dumesnil.

Il se tut un instant.

— Soyez prudente, Mam'selle Jeanne. Il vaut mieux parfois ne pas mettre son nez partout…

Il enfonça sa casquette et reprit son chemin, abandonnant la jeune femme. L'envie fut forte de le rattraper et de lui faire expliciter ses paroles mais l'énergie lui manqua et elle se décida à rentrer avec aussi peu de réponses et toujours plus de questions sur cette histoire.

*

Benjamin Moutier observa la façade de l'hôtel particulier qui se dressait sur le boulevard des Lices. D'abord logements des architectes eux-mêmes, ces habitations trouvaient rapidement acquéreur parmi la bourgeoisie de la ville.

Joseph Jossiot avait su faire sa place. Cependant, les biens de sa famille avaient certainement contribué à son installation et à l'achat de la demeure des Vanniers.

Aurore Dupin avait préféré le laisser se rendre seul à cet entretien au vu du déroulé du dernier échange avec l'éditeur. Benjamin sourit, amusé par leur collaboration des plus atypiques et improbables. Mais l'imagination et les connaissances de l'écrivaine dans le domaine littéraire les faisaient avancer plus vite qu'il ne l'aurait pensé.

Il inspira profondément et se fit annoncer auprès du maitre des lieux. Il était temps d'avoir une conversation avec l'éditeur. Trop d'indices les conduisaient à cet homme.

Alors qu'il avançait dans le couloir en direction de la bibliothèque, des éclats de voix résonnèrent. Quelques mots lui parvinrent, décousus, mais qui retinrent son attention. L'un des domestiques frappa à la porte et un ordre sec l'autorisa à ouvrir.

Benjamin constata que l'éditeur devait être fortement contrarié. Ses yeux sombres recélaient de la colère et il se tenait, les poings serrés, près de la cheminée. Un autre individu se trouvait face à lui dans le même état d'esprit. L'avocat reconnut aussitôt le frère d'Aude Dumesnil, Gustave Vaubert. Ce dernier ne sembla même pas prêter attention à son arrivée.

Joseph Jossiot se tourna vers Benjamin pour le saluer.

— Je m'excuse d'interrompre votre conversation.

— Nous en avions fini, n'est-ce pas Monsieur Vaubert ?

La mâchoire de Gustave Vaubert se crispa. Il opina cependant du chef, le regard toujours fixé sur l'éditeur.

— Soit. Mais il nous faudra reprendre notre conversation.

— Je pense que nous nous sommes tout dit, Monsieur…

Le jeune homme prit son chapeau, s'inclina légèrement devant Benjamin et s'éclipsa.

— Je vous prie d'excuser cette scène déplaisante, Monsieur Moutier.

— Un désaccord ?

— En effet…

L'éditeur servit un verre de whisky à Benjamin. Tous deux s'installèrent dans les fauteuils.

— Monsieur Vaubert est un jeune auteur pugnace, souffla l'avocat.

— À ce niveau, il s'agirait même d'obstination…

— Il venait de nouveau vous proposer un manuscrit ?

— Si on veut…

L'imprécision des réponses de l'éditeur attisa la curiosité de Benjamin. Cependant, il sentit qu'il n'en tirerait rien de plus. D'autant que le but de sa visite ne concernait en rien Gustave Vaubert. Il se devait de faire preuve de toute la diplomatie que son métier lui avait permis d'acquérir. Joseph Jossiot avait l'esprit vif. Il ne se laisserait pas entrainer dans une discussion sans en avoir identifié les tenants et les aboutissants. Benjamin avait donc choisi d'utiliser le chemin le plus direct tout en protégeant Jeanne. Il sentait qu'il ne devait pas dévoiler son identité secrète. Tout du moins, pas encore…

— Je suis venu pour échanger avec vous sur un sujet pour lequel j'aurais grand besoin de votre aide et de vos connaissances.

L'homme se cala dans son fauteuil, le verre à la main.

— Je vous écoute.

— En tant qu'avocat de Monsieur Dumesnil, j'ai le devoir de m'assurer que mon client ne se verra pas ennuyé au sujet de la mort de Roger Balanquin.

— Mais la police n'a-t-elle pas conclu au suicide ?

— C'est en effet la conclusion de leur enquête. Malgré tout, ce décès recèle encore des zones d'ombre et mon rôle consiste à les mettre en lumière pour innocenter complètement mon client.

— Quelles zones d'ombre ?

— Les faux trouvés chez Monsieur Balanquin.

Benjamin posa son verre sans y avoir touché sur l'une des tables basses.

— Il se trouve que j'ai eu l'occasion d'échanger avec Monsieur Poiseau, notaire à Angers…

— Je le connais.

— Nous avons parlé de ces faux titres de bourse et il me faisait part d'une affaire similaire qui s'est déroulée il y a deux ans. Il s'agissait de Monsieur Vannier.

L'éditeur plissa les yeux. Ses lèvres fines se pincèrent. Benjamin percevait une certaine appréhension que son interlocuteur dissimulait pourtant parfaitement.

— Où voulez-vous en venir, Monsieur Moutier ?

— J'ai appris que vous aviez informé Monsieur Gaucher, le chocolatier, de l'existence de ces faux. Et j'imagine qu'il ne vous a pas fallu longtemps pour comprendre qu'ils avaient été la cause de l'annulation de leur accord. Si nous découvrons qui les a procurés à Monsieur Vannier, nous pourrions peut-être découvrir qui a commercé avec Roger Balanquin.

— Je ne comprends pas. Puisqu'il s'agit d'un suicide ?...

— Je n'en suis pas convaincu...

Joseph Jossiot se leva et fit quelques pas dans la pièce. Il pivota lentement vers l'avocat.

— Et vous aimeriez que je vous dise qui m'a donné cette information.

— Oui.

Benjamin Moutier se leva et avança vers l'homme.

— Pour être honnête, je sais aussi que vous avez acheté les terres de Monsieur Vannier à sa mort pour une bouchée de pain.

L'éditeur laissa échapper un rire.

— Décidément, si je vous suis, je serais un coupable idéal. Je commence à me questionner, entre vous, George Sand et Gustave Vaubert...

L'avocat fronça les sourcils.

— Gustave Vaubert ?

Joseph Jossiot jeta un coup d'œil à l'avocat et sembla se retenir mais finit par expliquer :

— Il a laissé sous-entendre que la mort de Roger Balanquin s'apparentait à une réelle opportunité pour moi, une chance ! Bref, que je n'étais sans doute pas étranger à ce décès.

L'expression de l'éditeur n'était plus aussi assurée. La tension se dessinait progressivement sur ses traits.

— Je ne suis pour rien dans toute cette histoire. J'avais de bonnes raisons d'acheter la demeure de cette famille. Je ne pensais pas à mal en informant l'une de mes connaissances d'une rumeur qui circulait quant aux faux qu'aurait utilisés Monsieur Vannier. Si tout ceci se révélait être une erreur, Monsieur Gaucher l'aurait rapidement constaté.

— D'où venait cette rumeur ?

Joseph Jossiot se mordit la lèvre. Il céda finalement.

— Philippe Dumesnil m'en a fait part.

— Le père d'Antoine Dumesnil ?

L'homme acquiesça. Benjamin en serait tombé à la renverse si ses jambes avaient manqué d'assise.

— Mais pourquoi souhaitiez-vous acheter ces terres ?

— La raison est personnelle. Je n'ai pas tué Claude Vannier ni Roger Balanquin. Le soir de sa mort, j'ai accompagné Antoine Dumesnil et son épouse au théâtre et je suis rentré chez moi ensuite. Si vous en ressentez l'envie, questionnez mes domestiques. Tous pourront vous confirmer ma présence. D'autant que j'étais épuisé et me suis rapidement couché.

Benjamin Moutier ne savait quoi penser. Les indices s'étaient accumulés contre l'éditeur et concurrent direct de Roger Balanquin. Or, l'honnêteté et la sincérité transpiraient de son discours.

Une idée traversa l'esprit de Benjamin.

— Je ne vais pas vous déranger davantage, Monsieur Jossiot. De toute manière, nous devrions nous revoir prochainement. J'accompagne ma mère et Madame Dupin au prix littéraire. D'ailleurs j'ai promis à notre invitée de rapporter la liste des concurrents. Vous serait-il possible de me noter les noms de ces auteurs ? Je n'ai pas une très bonne mémoire et sans un écrit, il est certain que je reviendrai bredouille.

Quoiqu'étonné, Joseph Jossiot se dirigea vers son secrétaire et en sortit une feuille. Il inscrivit plusieurs noms avant de remettre le document entre les mains de Benjamin.

— Tenez, pour le bonheur de ces dames.

L'avocat salua son hôte et quitta la bibliothèque. Il attendit d'être dehors pour jeter un regard sur la feuille. Alors que le soleil l'accueillait sur le perron de l'hôtel particulier, il constata que celle-ci était parfaitement blanche. Il la plia et la rangea dans sa poche. Tout ceci n'apportait rien de plus à leur enquête.

Pourtant, les propos qu'il avait surpris de la part de Gustave Vaubert avant d'entrer dans la bibliothèque laissaient penser que l'éditeur n'avait pas tout révélé sur cette histoire. Benjamin Moutier aurait juré l'avoir entendu prononcer le nom des Vannier alors qu'il s'entretenait avec Joseph Jossiot d'une manière virulente.

Il lui parut irresponsable d'abandonner cette information sans chercher à en savoir plus sur ce qu'avait évoqué le frère d'Aude Dumesnil. Aurore Dupin serait ravie de pouvoir s'entretenir de nouveau avec lui ! Restait à trouver l'occasion.

*

Aurore Dupin progressait lentement sur le chemin. Viviane Moutier à ses côtés, lui tenait le bras. Son amie évoquait les souvenirs de feu son époux et de leurs promenades le long de la Maine. Jeanne Tusseau marchait quelques pas derrière les deux dames, portant si besoin une ombrelle.

L'écrivaine ne pouvait que reconnaitre la beauté des lieux. Les bords de cette rivière regorgeaient de faune et de flore, rendant le site presque sauvage. Des cygnes glissaient sur les eaux sombres de la Maine. Des loutres nageaient à leur côté sans se soucier davantage de leurs congénères et ne laissant visible que leur tête. Pléthore d'arbres offraient l'ombre bienfaitrice et apportaient une fraicheur non négligeable.

— Nous étions si heureux ici… soupira Viviane Moutier.

Elle se tourna vers Aurore Dupin et lui sourit.

— Je suis ravie de pouvoir vous faire partager ce petit bout de paradis.

L'écrivaine savait pertinemment que son amie masquait sa peine pour ne pas venir réveiller celle encore si récente de son invitée. Sa venue en Anjou lui apportait beaucoup de joie et d'excitation, ce qu'elle n'aurait jamais cru.

Aurore Dupin rendit son sourire à Viviane.

— Vous m'avez fait un beau cadeau en me proposant de vous rejoindre.

Un mouvement dans les fourrés arracha un gémissement à Jeanne qui suivait derrière.

Viviane s'écarta légèrement.

— Encore ces maudits serpents, j'en suis sûre ! Comment Roger Balanquin pouvait-il éprouver une telle passion pour des bêtes aussi monstrueuses ?

— Certaines légendes par chez moi ne les décrivent pas comme des monstres mais plutôt comme un signe de chance… Tenez, je me suis souvenue de l'une d'entre elles. Le serpent au diamant. Il y est question d'un pauvre bûcheron qui vivait près d'un marais. Un jour, il tomba nez à nez avec plusieurs serpents comme noués les uns aux autres. De cet amas, apparut un diamant sur le front du plus robuste des reptiles. Le serpent déposa la gemme tandis qu'il s'approchait de l'eau pour se rafraîchir avant de disparaitre avec la pierre précieuse dans les bois. Le bucheron n'eut plus qu'une seule idée : retrouver l'animal et se saisir de son trésor. Une année s'était écoulée avant qu'il ne retrouve le nœud de serpents. Le même phénomène se produisit et lorsque la bête vint boire, l'homme se saisit de la pierre, s'enfuit à toutes jambes et décida de présenter son butin au roi.

— Mais qu'avait donc cette pierre de si spécial ?

— En plus d'être un magnifique diamant, elle possédait deux pouvoirs. Le premier permettait à son propriétaire d'être reçu avec tous les égards par les plus grands du royaume.

— Et la seconde ?

— De transformer le fer en or… Mais le roi estima que le danger était trop grand. Il avait bien trop besoin du fer pour fabriquer ses armes et craignait qu'un fou ne fasse mauvais usage de la pierre. C'est pourquoi, il ordonna au bucheron de la jeter dans les eaux.

Viviane se mit à rire.

— Mon Dieu ! Quelle histoire ! Mais vous allez effrayer notre pauvre Jeanne qui déteste tant ces animaux.

La jeune femme avait pali en effet et jetait des regards anxieux autour d'elle. Aurore reprit sur un ton plus léger.

— Tous les trésors ne sont pas d'or et de fer. Certains sont plus délicats, comme l'amour que vous ressentiez vous-même pour votre époux…

Viviane prit une grande inspiration et laissa l'air s'échapper lentement de ses lèvres.

— Comme je souhaiterais que mon fils puisse vivre de pareils moments avec une épouse…

L'écrivaine pivota légèrement vers Jeanne. Celle-ci baissa brusquement les yeux, les joues particulièrement roses.

— Cela viendra, rassurez-vous.

— Il ne semble nullement pressé de se marier. Pourtant, je me sens vieille et aimerais tellement assister à ses noces, l'accompagner à l'église.

— Je vous comprends.

— Je me suis dit qu'il faudrait forcer le destin.

Intriguée, Aurore Dupin s'arrêta.

— Que voulez-vous dire par là ?

— J'ai organisé un petit thé cet après-midi avec quelques-unes des familles de la ville. Seront présentes plusieurs jeunes femmes avec lesquelles j'aimerais qu'il discute.

— Ne pensez-vous pas qu'il pourrait en être offusqué ? Il a peut-être quelqu'un à l'esprit, ce qui expliquerait son attitude.

— Je ne le crois pas ! Il m'en aurait parlé...

— Sauf s'il ne peut pas.

— Comment cela ?

Jeanne s'avança :

— Madame, Monsieur vient par ici.

Benjamin Moutier apparut au bout du chemin.

— Eh bien, quand on parle du loup ! s'exclama Viviane. Je le trouve toutefois fort pressé.

Le jeune homme marchait d'un bon pas et son expression décidée ne laissait présager rien de bon. Aurore Dupin se questionna sur le déroulé de l'entretien avec Joseph Jossiot. Avait-il obtenu les renseignements qu'il souhaitait ?

Benjamin se posta devant elles. L'écrivaine surprit un regard entre les deux jeunes gens et se retint de sourire.

— Vous semblez agité, mon fils.

— Pardonnez-moi de me présenter de cette façon mais je me disais que je pourrais vous raccompagner à notre maison. La chaleur se fait plus forte.

— Comme c'est aimable à vous !

Tous se remirent en marche. Benjamin reprit d'une voix égale :

— J'ai appris que vous receviez des invités dans l'après-midi.

— Effectivement… Des connaissances charmantes que je serais enchantée de vous présenter.

— Verriez-vous un inconvénient à ce que je convie également quelqu'un ?

Aurore leva un regard étonné sur l'homme. Viviane semblait, elle, au comble du bonheur.

— Mais avec plaisir ! Et serait-il possible de savoir qui ?

— Il s'agit de Gustave Vaubert.

— Encore !

Le ton à la fois étonné et déçu de Viviane manqua faire rire Aurore Dupin qui parvint à se retenir. Elle-même ne s'était nullement attendue à une telle réponse.

— Je trouve le jeune homme très intéressant et j'aurais quelques questions à lui poser.

Aurore se doutait qu'il s'était passé quelque chose chez l'éditeur qui incitait l'avocat à procéder de cette manière. Un certain empressement à connaitre les détails la poussa à accélérer le rythme de leur marche.

— Je ne comprends vraiment pas cet engouement pour un benêt comme Gustave Vaubert.

— Vos propos à son égard sont très durs.

— Il ne fait rien de ses journées si ce n'est gribouiller quelques feuilles blanches. Il ne s'intéresse nullement aux affaires de sa famille. Son père est désespéré à l'idée que tout lui revienne lorsqu'il décèdera.

— Je vous assure que c'est quelqu'un de très intéressant.

Viviane haussa les épaules.

— Soit. Mais promettez-moi de me laisser vous présenter quelques jeunes invitées.

— Tout ce que vous souhaiterez, Mère.

Aurore Dupin vit alors un sourire se dessiner sur les lèvres de Benjamin tandis que celui-ci reportait son regard sur la demoiselle qui les suivait de près.

— Et puis, ce sera l'occasion également pour Jeanne de rencontrer son futur employeur…

Aurore, Benjamin et l'intéressée pivotèrent au même instant vers Viviane.

— Que voulez-vous dire par là, Mère ?

— Eh bien… J'ai pensé qu'au vu des aptitudes de notre jeune amie, un emploi de gouvernante auprès de la cadette des Lagardère serait bien plus approprié que son poste actuel.

Viviane se tourna vers Jeanne.

— Je pense que vous me rejoignez, mon enfant…

*

Aurore Dupin avait encore du mal à comprendre l'attitude de son amie. Pour quelle raison souhaitait-elle se séparer ainsi de Jeanne ? Avait-elle eu vent de leur enquête et s'en serait-elle offusquée ?

Ce n'était pas dans les habitudes de Viviane de se comporter de cette manière. Aurore la savait parfois capable d'agir de façon excentrique mais elle avait toujours fait montre d'une réelle gentillesse.

Jeanne n'avait pas ouvert la bouche après cette annonce et Benjamin semblait éviter le sujet depuis leur retour de promenade. Il avait proposé à Aurore et à la domestique de le rejoindre dans la maison tandis qu'une grande partie des invités se trouvaient déjà dehors.

Benjamin avait évoqué son entretien avec Joseph Jossiot et ce qui s'était produit juste avant d'entrer dans la bibliothèque. Le plan qu'il leur exposa alors semblait judicieux et pourrait certainement fonctionner. Or, ce n'était clairement pas du goût de Jeanne qui faisait les cent pas dans le petit salon, entre affolement et colère.

— Monsieur, vous avez perdu la raison ! Je n'en aurai pas le courage !

— Cela peut être efficace, renchérit Aurore Dupin. Il est possible que l'effet de surprise permette de le faire parler.

— Vous pensez vraiment que dévoiler mon identité face à Gustave Vaubert l'inciterait à nous confier ce qu'il cache ?

— C'est une probabilité, souffla Benjamin.

— Une probabilité ? ! Vous n'en êtes pas sûr et vous aimeriez que je révèle qui je suis après avoir pris tant de soin à disparaitre ? Sans compter que vous n'êtes même pas certain qu'il ait quoi que ce soit à nous expliquer. Il se pourrait que vous ayez mal compris,… ou qu'il ait dit ceci par bravade, que sais-je ? … Il me semble que c'est un énorme risque pour des résultats très aléatoires…

Benjamin s'approcha de la jeune femme. Aurore eut la sensation qu'il se retenait de poser ses mains sur les bras de la domestique. Tout son être semblait attiré vers cette dernière et les regards chargés de bienveillance qu'il lui adressait en disaient bien plus que des mots.

— J'entends votre inquiétude. Nous avons besoin de savoir ce qu'il a sous-entendu auprès de Joseph Jossiot. La piste n'est pas négligeable.

— Mais s'il venait à expliquer m'avoir revue ici comme domestique ? À dévoiler qui je suis vraiment ?

— Il n'en fera rien, je m'en assurerai.

Aurore Dupin déposa Albert qui grogna avant de se rouler en boule sur le siège.

— Gustave Vaubert sait certainement des choses sur votre famille. Vous ne voulez pas connaitre la vérité ?

Les épaules de Jeanne s'affaissèrent.

— Je voulais surtout oublier.

— Malheureusement, nous devons d'abord nous assurer que les deux affaires sont effectivement liées. Et visiblement le seul qui le sache est cet homme qui joue les paons dans le jardin.

Jeanne sourit et acquiesça.

— Votre mère a fait en sorte qu'il ait du choix... D'ailleurs, elle m'attend aussi afin de me présenter les Lagardère.

— Ce n'est pas encore fait !

Le ton sec de Benjamin étonna les deux femmes. Il se reprit :

— Ce que je veux dire, c'est que je n'ai pas encore évoqué cette perspective avec ma mère et que je suis aussi maitre dans cette demeure. Charge à moi de décider qui reste et qui part...

Jeanne n'ajouta rien de plus mais sur son visage un certain soulagement se devinait.

Tous trois quittèrent la pièce. Benjamin se dirigea directement vers son invité en pleine discussion avec une jeune héritière de la région, visiblement peu sensible à son discours.

Jeanne et Aurore Dupin contournèrent la foule et se rendirent directement dans la « petite forêt ». La domestique se dissimula à l'écart tandis qu'elles virent approcher les deux hommes. Gustave Vaubert, quoique contrarié, salua de bonne grâce l'écrivaine.

— Quel plaisir, Monsieur, de vous revoir !

— Tout le plaisir est pour moi.

Le ton sonnait faux. Benjamin s'installa face au jeune homme qui s'impatienta :

— Eh bien, vous souhaitiez me parler, que puis-je pour vous ?

Aurore Dupin jeta un regard en direction de Benjamin qui acquiesça :

— En effet. Pardonnez mon indiscrétion, mais lorsque je suis venu ce matin voir Monsieur Jossiot, j'ai entendu quelques propos qui ont attiré mon attention.

— Quels propos ?

— Ceux concernant la famille Vannier.

Le visage de Gustave Vaubert devint rubicond.

— Je n'ai jamais mentionné ce nom avec Monsieur Jossiot.

— Je crois que si au contraire. Et il y a une personne ici-même qui souhaiterait les entendre. Et qui en a toute la légitimité.

Aurore Dupin fit un signe de la main et Jeanne sortit de sa cachette. Elle vint s'installer à côté de la dame, droite et fière.

Gustave Vaubert ne cacha pas sa surprise.

— Vous! Mais je vous croyais disparue!

— Je n'étais pas très loin…

Benjamin se pencha vers l'homme.

— Je sais que vous avez évoqué la mort de Monsieur Vannier avec Joseph Jossiot. Qu'avez-vous dit?

Le garçon paraissait au bord du malaise. Ses yeux papillonnaient d'un interlocuteur à l'autre sans parvenir à se poser. Il évitait soigneusement le regard de Jeanne.

— Jamais je n'aurais cru…

— Monsieur, c'est important… reprit la jeune femme.

Sa voix si assurée surprit Aurore Dupin. Elle avait gardé sa prestance et son attitude reflétait une réelle noblesse qui fit son effet sur Gustave Vaubert. Il baissa la tête.

— À la mort de votre père, votre frère Martin a rendu visite à ma sœur. J'ai surpris leur conversation. Tous deux étaient bouleversés. Martin souhaitait s'expliquer car il craignait qu'une rumeur concernant des faux titres que se serait procuré son père arrive aux oreilles de sa fiancée et qu'elle veuille rompre… Il avait tout entendu lors de la réunion avec Monsieur Gaucher, le notaire et son père mais était resté dissimulé.

Aurore Dupin songea qu'il avait très bien pu être témoin du geste de son père. Quelle horreur !

— Il lui a juré que tout ceci était une erreur et qu'il le prouverait.

Gustave Vaubert se tourna vers Benjamin Moutier.

— Martin Vannier désirait plus que tout mettre sa sœur à l'abri. Il a parlé du fait que Joseph Jossiot s'était présenté pour demander la main de Jeanne et qu'il souhaitait prendre en gestion les terres de la famille.

Aurore Dupin sentit tressaillir la jeune femme à ses côtés.

— Jamais Monsieur Vannier n'aurait donné sa fille à un tel personnage.

— Il possède pourtant beaucoup de biens, souligna Aurore Dupin.

— Mais il n'a pas une personnalité appréciée… Personne n'en a rien su. Martin a refusé et quelques jours plus tard, leur mère perdait la vie. Jeanne… Enfin, Mademoiselle a disparu et son frère… s'est enfui. De terribles accusations avaient été proférées à son encontre. Il aurait dû rester et se défendre. Mais après tout ce qui s'était passé…

Gustave Vaubert regarda Jeanne.

— Sachez, Mademoiselle, que je suis désolé de ce qui est arrivé à vos parents… J'étais en colère après Monsieur Jossiot car il refuse obstinément de regarder mon travail. Je n'ai évoqué ce fait que pour lui faire peur. Cet achat permettait de rembourser les dettes de votre famille à la banque. J'ai été maladroit de parler de cette histoire. Pardonnez-moi…

Aurore Dupin fronça les sourcils.

— Nous vous remercions pour votre honnêteté. J'aurais cependant une dernière question à vous poser. Vous parliez de rembourser la banque. De quelle banque parliez-vous ?

— De la banque de Monsieur Dumesnil.

Jeanne sursauta.

— Comment est-ce possible ? Mon père n'a jamais fait le moindre prêt chez cet individu. Ils se connaissaient mais ne s'appréciaient guère.

— La banque de Philippe Dumesnil aurait racheté les dettes de Monsieur Vannier, faisant de cette famille ses créanciers…

Gustave Vaubert se leva, salua ses hôtes et traversa le jardin sans s'arrêter auprès du reste des invités.

Aurore Dupin prit conscience qu'un nouveau pion venait d'être posé sur l'échiquier. Et parvenir à le faire tomber ne serait sans doute pas une mince affaire d'après ce qu'elle connaissait du personnage.

CHAPITRE 8

— Je vous trouve bien étrange, tous les deux.

Viviane Moutier patientait à l'accueil de la banque aux côtés de son fils et d'Aurore Dupin. Elle leur jetait des regards à la fois chargés d'inquiétude et d'amusement.

Aurore lui prit la main, la serrant un instant.

— N'ayez aucune crainte. Il n'y a rien de plus qu'un simple jeu dans lequel nous nous sommes lancés avec Benjamin. Un peu de sel dans nos existences ne fait jamais de mal.

— Soit, tant que je ne suis en rien mêlée à vos intrigues. J'aimerais d'ailleurs comprendre pour quelle raison, mon fils, vous souhaitiez à tout prix me faire rencontrer Monsieur Dumesnil… Mais je crois que je vais m'abstenir de poser la moindre question.

Benjamin s'installa face à sa mère.

— Effectivement, mieux vaut que vous n'en sachiez pas davantage. Je vous demande juste de solliciter l'écriture d'un document récapitulant vos fonds placés chez ce monsieur. Nous nous chargerons du reste.

Viviane le dévisagea un instant puis sourit avec malice.

— Je veux bien vous aider. Mais je désire que vous acceptiez l'invitation de l'une de mes amies, Madame Lagardère et de sa fille. Vous vous souvenez ? Vous l'avez rencontrée hier lors du thé.

Aurore Dupin lut tout le dépit que cette demande provoquait chez l'homme. Décidément, son amie savait faire preuve de persévérance !

Or, Benjamin peinait de plus en plus à cacher ce qu'il ressentait pour Jeanne et ses attentions envers la domestique tendaient à se multiplier. Comment Viviane avait-elle pu ne rien remarquer ?

— Nous verrons cela, Mère.

— Ne me dites pas que vous ne l'avez pas trouvée adorable hier ? Il est certain que je ne vous ai que très peu vu avec nos invités mais je suis persuadée vous avoir aperçu converser avec la petite Maude. Promettez ! Et je vous aiderai.

— Soit.

La porte s'ouvrit à cet instant. Philippe Dumesnil apparut et ne put que difficilement masquer son étonnement. Il fit entrer sa cliente et accepta la présence de son fils et d'Aurore Dupin bien que surpris par cette requête.

— Que puis-je pour vous ?

L'affabilité ne faisait guère partie des qualités du banquier, ce qui mit mal à l'aise Viviane. Elle se tourna vers Benjamin qui l'encouragea silencieusement.

— Sans vouloir vous déranger, nous aurions... enfin j'aurais souhaité que vous établissiez un document qui reprend la valeur totale des rentes laissées par mon père.

Les yeux du banquier s'écarquillèrent.

— Vous souhaitez ce bilan maintenant?

— Oui... Oui, s'il vous plait.

— Très bien... Je vais demander à mon secrétaire. Ceci peut prendre un peu de temps.

Benjamin profita de l'opportunité qui s'offrait à lui :

— Nous pourrons ainsi échanger avec vous.

Philippe Dumesnil donna les consignes à son employé et revint s'installer dans son bureau.

— Je me tiens à votre disposition pour... échanger.

— Nous aurions souhaité vous parler de la mort de Roger Balanquin et des faux trouvés chez lui.

Le banquier croisa les bras sur sa poitrine.

— Je trouve étrange que vous évoquiez ce sujet en présence de ces dames.

— Oh, il n'y a rien que de très public aux éléments sur lesquels je souhaitais vous entretenir.

Aurore Dupin eut la sensation que l'homme se refermait. Il ne serait pas évident de le faire parler. Elle prit le parti d'observer l'habileté du jeune avocat et de s'en tenir à ce qu'ils avaient convenu: la position professionnelle de Benjamin pourrait justifier un interrogatoire. Pas celle de l'écrivaine.

— Je souhaite avant tout clarifier tout ceci afin de protéger au mieux les intérêts de mon client, donc de votre fils… Il se trouve qu'une affaire similaire m'a été rapportée.

Benjamin évoqua l'histoire des Vannier et l'existence de faux dont le banquier avait fait part à l'éditeur. Philippe Dumesnil acquiesça sans hésiter.

— J'ai en effet énoncé ce fait à Monsieur Jossiot.

— Comment avez-vous su pour l'existence de ces documents falsifiés ?

— Des confrères m'avaient prévenu que ce genre de choses circulaient. Certains en avaient été victimes et m'avaient mis en garde. Lorsque j'ai eu vent de ce contrat qui s'apprêtait à être signé, j'ai juste alerté qui de droit.

Benjamin se recula dans son fauteuil.

— Mais pourquoi en parler à l'éditeur et non à Monsieur Gaucher, le chocolatier ?

— Parce que je les savais amis. Et je n'avais aucune preuve. Je ne pouvais pas faire de démarche directe.

L'avocat se tut. Aurore Dupin sentit que tout ceci leur échappait. Il n'y avait donc aucune piste assez solide pour les conduire vers le dénouement de cette affaire ? Jeanne Tusseau se serait-elle fourvoyée ?

— Si vous n'avez pas d'autres demandes… Je me sens quelque peu questionné comme devant les tribunaux.

Viviane Moutier agita ses mains avec emphase.

— Nullement ! Je vous prie d'excuser mon fils. Il a à cœur son métier et peut parfois confondre le personnel et le professionnel. Il lui arrive même de m'interroger comme si…

— J'aurais une dernière question, la coupa Benjamin.

Philippe Dumesnil lui lança un regard sombre mais ne chercha pas à esquiver.

— Pour quelle raison avoir racheté les dettes de la famille Vannier? J'ai cru comprendre que vous ne vous entendiez pourtant pas particulièrement avec cet homme.

— Exact. Des divergences d'opinions politiques nous avaient éloignés. Toutefois... Je connaissais depuis bien longtemps son épouse, Hélène de Tusseau. C'était une amitié très chère. C'est son fils, Martin, qui est venu me voir. Lorsque j'ai eu connaissance des difficultés que les siens rencontraient, j'ai voulu aider à ma façon. Leur banque s'apprêtait à saisir leurs biens. Claude Vannier n'aurait jamais accepté que je leur prête de l'argent. Ce fut le seul moyen pour moi d'apporter un soutien à Hélène de Tusseau.

— Vous voulez dire à Hélène Vannier? ...

— Oui, si vous voulez...

— Et ce malgré la mésentente entre Martin Vannier et votre fils ?

— Ce n'étaient que des querelles de collégiens. Cela ne me concernait nullement.

— Mais vous dites que Claude Vannier n'en a jamais rien su ?

— Si... Son fils lui a avoué sa démarche.

— Démarche très mal prise par son père si je comprends bien.

— Effectivement...

Des coups à la porte les interrompirent. Le secrétaire rapportait une feuille de papier que Philippe Dumesnil tendit à Viviane Moutier. Cette dernière le remercia vivement.

— Nous n'allons pas vous importuner plus longtemps.

Elle se leva, suivie par son fils et par Aurore Dupin. Ce ne fut qu'une fois dans le fiacre que la dame s'adressa à Benjamin.

— Vous manquez de tact ! Il s'agit de notre banquier et il va falloir que vous appreniez qu'il est des individus qu'il vaut mieux avoir avec soi et non contre.

— Je vous prie de m'excuser. Je n'avais pas le choix. Mais je vous remercie car vous nous avez été d'une grande aide. Puis-je voir le papier qui vous a été remis ?

Viviane soupira et tendit la feuille.

Aurore Dupin constata avec dépit que celle-ci était aussi blanche que la neige…

*

Jeanne Tusseau rangeait la vaisselle. La réception d'hier après-midi avait apporté son lot de désordre et il lui fallait encore terminer de remettre en place le linge sorti pour l'occasion. Malgré tout, son esprit voguait au gré des éléments qu'ils avaient recueillis. Elle se sentait redevable envers Aurore Dupin et Benjamin Moutier.

Ses sentiments à l'égard de cet homme avaient changé. Leur première rencontre lui avait laissé une mauvaise impression : sûr de lui, presque pédant, insistant… Mais elle avait compris qu'il n'en était rien et qu'il se montrait réellement bienveillant et terriblement rigoureux dans son enquête. Une question toutefois la taraudait : était-ce vraiment pour découvrir la vérité ou pour défendre son client ?

Il portait la loyauté sur son visage mais il avait à cœur de respecter la loi. Quelle part de lui l'emporterait ?

Jeanne ne pouvait se cacher qu'elle l'appréciait sincèrement. Peut-être dans son ancienne vie aurait-elle souhaité se voir invitée par cet homme.

Un nœud se forma dans son estomac. Tout ceci ne pourrait jamais se produire et y songer ne pouvait que la blesser. Elle n'était pas en mesure de faire un beau mariage comme celui d'Aude Dumesnil... Tout du moins, beau en apparence.

La jeune femme était certaine que son amie d'enfance courait un danger. Mais avait-elle réellement besoin d'aide ?

Le souvenir des leçons de tirs donnés par Martin à sa fiancée lui revint en mémoire. Aude avait montré de telles prédispositions pour cette activité qu'elle les avait laissés pantois. Toutefois, de là à penser qu'elle était en mesure de se défendre seule...

D'autant qu'Antoine masquait parfaitement sa véritable personnalité, tout comme son père, Philippe Dumesnil. Un homme exécrable que Claude Vannier ne pouvait souffrir. Combien de fois l'avait-elle entendu mettre en garde son frère, Martin, contre le banquier ? Il ne lui inspirait nullement confiance et se méfiait de cet individu comme de la peste.

Si son fils était du même acabit, en plus de la jalousie qui transpirait d'Antoine, elle tremblait pour son amie. Dieu seul savait de quoi il aurait été capable.

Malgré tout, il était évident que leur enquête piétinait. Toutes les pistes envisagées s'étaient rapidement révélées sans réel intérêt. Or, elle ne pouvait pas admettre s'être fourvoyée. Ils allaient forcément trouver quelque chose…

Jeanne sortit dans le jardin pour récupérer le linge. Une femme se dirigea vers elle. Le soleil gênait la vue de la domestique et elle ne reconnut que tardivement la logeuse de Roger Balanquin. Celle-ci semblait particulièrement mal à l'aise et dansait d'un pied sur l'autre.

— Je suis désolée, mais je cherchais à rencontrer Monsieur Moutier. C'est vous qui l'accompagniez et la dame qui écrit des livres ?

— Oui, mais Monsieur s'est absenté.

— Je… J'ai trouvé ceci dans les courriers de Monsieur Balanquin. Il me laissait souvent ses papiers à envoyer. Mais celle-ci n'avait pas d'enveloppe. Je l'avais mise de côté pour lui demander s'il s'agissait d'une erreur. Et puis… Monsieur est mort et je l'avais presque oubliée…

La femme tendit une lettre pliée dont se saisit Jeanne.

— Je ne savais pas quoi faire mais en voyant le prénom de la destinataire… j'ai préféré la remettre à un avocat qu'à la police. Vous pourrez lui donner ?

Jeanne opina du chef. Elle observa la visiteuse qui s'éloignait rapidement, sans doute soulagée de s'être débarrassée de ce fardeau.

La jeune femme hésita, gardant entre les doigts ce courrier. Devait-elle attendre Benjamin Moutier ?

Le document n'était pas scellé. Elle déplia lentement la feuille.

« Juste jeter un coup d'œil… »

Lorsque la lettre fut ouverte, elle tressaillit et retint un cri de surprise. Elle lut rapidement les lignes écrites où l'émotion se devinait.

Cette fois-ci, aucun doute ! Il s'agissait bel et bien d'une preuve !

Jeanne se précipita à l'intérieur et déposa le papier sur le secrétaire de Benjamin Moutier, priant pour qu'il la découvre dès son retour. Puis elle quitta la demeure pour se diriger vers Angers, bien décidée à faire éclater la vérité.

*

Benjamin posa son chapeau sur la petite table du salon et s'installa sur le fauteuil. Alfred bondit sur ses genoux, ce qui le fit sursauter. Aurore Dupin s'en étonna :

— Vous voilà bien nerveux, mon jeune ami.

— Si peu. Mais votre fidèle compagnon a cette capacité à apparaitre si soudainement qu'il parviendrait à surprendre le diable lui-même.

L'écrivaine prit son chat et l'installa sur ses genoux. L'animal se mit à ronronner bruyamment.

— J'ai abandonné votre mère dans le petit salon. Elle se remettait des émotions de ce matin. Que de difficultés pour la rassurer quant à votre comportement ! ... Par contre, elle semble de plus en plus déterminée à renvoyer Jeanne, ce que je n'arrive pas à comprendre.

— Ma mère ne s'est pas cachée de son insatisfaction quant au travail de Jeanne. Mais je pensais qu'elle s'y était faite et qu'elle voyait cette embauche comme un acte de générosité. Je prendrai le temps de lui parler.

— Patientez un peu, qu'elle oublie les évènements de la banque et cet interrogatoire qui l'a fortement troublée…

Elle soupira.

— Vous semblez éprouvée vous aussi.

— Je suis juste attristée que nous ne parvenions pas à avancer comme nous le souhaiterions. Je me croyais maline en trouvant la spécificité des faux mais la couleur de cette feuille nous a conduits dans une impasse.

— Pour le moment…

— En attendant, je commence à douter de nos capacités à élucider ce mystère. On ne s'improvise pas enquêteur, tout du moins pour ma part. Auteure oui, de la police, c'est moins sûr… Et pourtant…

— Oui ?

— Jeanne Tusseau semblait si convaincue de ce qu'elle avançait. Elle avait tellement à cœur de veiller sur Aude Dumesnil. Pensez-vous qu'elle ait eu raison et que cette jeune femme puisse être en danger ?

— Je ne sais plus, je l'avoue.

— De mon côté, je commence à me perdre dans les méandres de cette affaire.

Benjamin se leva pour se servir un verre d'alcool qu'il avala d'une traite puis il le reposa sèchement sur le buffet.

— Dans ce cas, reprenons depuis le début.

Il adopta une posture qui rappela à Aurore Dupin celle de grands orateurs, prêts à déclamer leur discours, les mains derrière le dos et le regard perdu au loin.

— Nous avons deux morts : Claude Vannier, le père de Jeanne et Roger Balanquin, éditeur. Tous deux se seraient suicidés. Or, plusieurs indices tendent à nous laisser penser que le second a été assassiné. Tous les serpents se trouvaient dans leur cage, le venin n'a pas eu le temps de faire effet. Qui plus est...

Aurore Dupin fronça les sourcils, intriguée par l'hésitation de Benjamin.

— Oui ?

— Vous n'avez pas remarqué ce bout de papier brûlé dans la cheminée de l'éditeur ?

— Cela ne me dit rien...

— Le temps ne justifiait pas de feu. La cheminée avait donc été nettoyée. Toutefois, il restait quelques cendres.

— Un document brûlé par Roger Balanquin ?

— Oui, mais lequel ? Il aurait pu jeter ce document s'il n'était pas spécial. Le brûler signifie s'en débarrasser.

Aurore réfléchit, incapable de deviner à quoi ceci pourrait correspondre. Elle reprit tout de même :

— Pour l'autre décès, celui de Monsieur Vannier, tout porte à croire qu'il s'agissait là réellement d'un suicide. L'homme se serait tiré une balle dans la tête après avoir été démasqué quant à ses intentions d'utiliser des documents falsifiés. Or... C'est là que le bât blesse.

— Que voulez-vous dire ?

— Deux morts, à deux ans d'intervalle, dans la même ville, passant pour des suicides et toutes deux avec le même motif... Le hasard ne peut être le seul responsable.

— Je vous l'accorde.

— Donc, nous aurions deux meurtres. Mais par qui ?

Aurore Dupin frotta la tête d'Alfred qui achevait de remettre en ordre son pelage.

— Je compte trois suspects pour ma part.

Benjamin acquiesça et laissa l'écrivaine poursuivre :

— Nous avons Joseph Jossiot, l'éditeur concurrent de Monsieur Balanquin, celui qui a également informé le chocolatier de la possible fraude de Monsieur Vannier.

— Exactement. Pour le premier meurtre, nous avons le motif, mais pour la mort du père de Jeanne, souhaiter acquérir une demeure, aussi belle soit-elle, me semble être un mobile insuffisant.

— Il y a Philippe Dumesnil, le banquier qui a racheté les dettes de la famille Vannier, et qui était sans doute épris de la mère de Jeanne.

— La jalousie et l'amour, deux raisons de tuer. Mais pour Roger Balanquin ?

Aurore Dupin soupira et secoua la tête.

— Je n'en vois aucune. Il ne me reste qu'Antoine Dumesnil. Soit, il détestait Martin Vannier, le frère de Jeanne, mais pourquoi tuer le père ?

— Et encore plus, pourquoi tuer Roger Balanquin son propre éditeur ? Malgré tout, il reste un fait que nous ne devons pas oublier : il serait apparemment le dernier à avoir vu la victime vivante et ce, tardivement après la représentation de théâtre, même si nous ne devons pas oublier l'éventualité d'un visiteur nocturne.

— Le sujet était assez grave pour que Monsieur Dumesnil fils accepte un tel rendez-vous…

— J'ai du mal à croire qu'un homme si ordonné, si consciencieux et sérieux que Roger Balanquin se soit mis à miser de façon hasardeuse l'argent qu'il avait si durement gagné.

— Il n'a jamais investi par le passé?

— Pas à ma connaissance, ni d'après la police.

— Donc pour vous, les raisons de cet entretien évoquées par l'auteur seraient mensongères.

— Je me le demande.

Aurore Dupin resta songeuse un instant. Puis elle leva la tête vers Benjamin.

— Nous avons un autre personnage dans cette histoire qui pourrait avoir eu des raisons d'agir.

— À qui pensez-vous?

— Aude Dumesnil était fiancée avec Martin Vannier. Il est probable qu'elle se soit éprise d'Antoine Dumesnil et ait voulu faire annuler son mariage. Jeanne m'a expliqué que son frère avait enseigné le maniement des armes à sa fiancée et qu'elle y avait excellé.

— De là à assassiner son futur beau-père… j'ai des doutes.

— Mais pensez à la lettre écrite par Aude à l'éditeur. Il y avait donc un secret qui les liait. Peut-être est-ce à ce propos que l'éditeur a voulu s'entretenir avec Antoine Dumesnil…

Benjamin opina du chef.

— C'est un fait. Nous ne devons écarter personne. Claude Vannier aurait très bien pu être tué d'une balle dans la tête par un individu qui serait entré dans la bibliothèque.

— Comme Aude.

— Ou comme son fils…

— Mais Martin Vannier est parti d'Anjou. Il ne pourrait pas être l'assassin de Roger Balanquin…

— Sauf s'il est de retour sous une autre identité. Jeanne s'est bien cachée de cette façon…

Benjamin se servit de nouveau un verre, de plus en plus sombre.

— Nous voilà avec bien des suspects mais qui ont chacun des raisons de tuer uniquement l'une des deux victimes et non les deux !

Il leva la tête vers la porte.

— Que vous arrive-t-il ? questionna Aurore Dupin.

— Je suis étonné de ne pas voir Jeanne arriver. Notre retour a dû être annoncé.

L'homme sonna et vit apparaitre l'une des femmes de chambre.

— Où est Mademoiselle Tusseau… enfin Jeanne ?

— Je ne sais pas, Monsieur. Elle a quitté très vite la maison. Elle a laissé quelque chose dans votre bureau qu'elle m'a dit.

Benjamin sortit précipitamment. Aurore Dupin déposa Alfred sur le fauteuil et se dressa face à l'entrée, dans l'attente du retour de l'avocat. Un mauvais pressentiment l'assaillit. Pour quelle raison la jeune femme aurait-elle pu partir d'ici ?

L'avocat entra de nouveau dans la pièce, une lettre à la main.

— Je ne sais pas comment Jeanne a eu ceci mais voici un élément qui pourrait clairement nous faire avancer. Et je sais où elle est allée. Je crains qu'elle ne se mette en danger…

*

Jeanne Tusseau baissa son bonnet et avança, tête basse, jusqu'à la maison des Dumesnil. Le courrier laissé par la logeuse lui offrait une réelle opportunité de faire éclater la vérité quant aux duperies d'Antoine. Le lien entre lui, Aude et l'éditeur se dessinait de manière plus précise dans son esprit.

Jeanne s'empressa de frapper à la porte. D'un ton aussi assuré que possible, elle demanda à rencontrer la maitresse de maison afin de lui remettre soi-disant en main propre un courrier à la demande de son employeur.

Le maitre d'hôtel sembla hésiter un court instant. Il jugea sans doute que ceci ne prendrait que peu de temps et fit entrer la demoiselle.

Elle suivit le domestique parmi les couloirs et ils atteignirent une porte entrouverte. Une voix résonnait depuis l'intérieur. Jeanne entendit la dernière phrase d'Antoine qui la choqua :

— Il s'agirait de vous remettre à l'ouvrage afin de conserver votre utilité…

Le maitre d'hôtel frappa contre la porte afin de se faire annoncer et expliqua la visite de Jeanne.

Antoine Dumesnil s'avança vers elle. Elle crut alors que son cœur allait s'arrêter. S'il la reconnaissait, tout son plan s'écroulerait. La jeune femme baissa la tête et évita le regard de l'auteur. Mais sa fatuité empêchait l'homme de prêter attention à une simple bonne et il quitta les lieux après avoir ajusté son chapeau.

Jeanne se retrouva face à Aude Dumesnil qui la dévisageait. La maitresse de maison tendit la main pour récupérer le courrier évoqué.

Elle redressa la tête et lut dans les yeux de son amie tant de surprise et d'émotions qu'elle manqua tomber dans ses bras. Aude se leva précipitamment et prit Jeanne par les épaules.

— C'est bien moi et je vais bien.

La maitresse de maison se saisit de son carnet et griffonna quelques mots.

« Pourquoi cette tenue ? »

— Je travaille comme domestique aujourd'hui...

La peine remplaça la joie qui se lisait un instant plus tôt sur le visage d'Aude.

— Ce serait trop long à expliquer et ce n'est pas le sujet. Il y a urgence. Je dois impérativement vous parler de quelque chose.

Toutes deux s'assirent et Jeanne se lança dans le résumé de l'enquête. L'étonnement ne cessait de croitre chez Aude Dumesnil.

« Vous pensez que mon époux est responsable de la mort de Roger Balanquin ? Mais c'est absurde, il était son éditeur ! »

— J'ai reçu ce matin une lettre que Monsieur Balanquin s'apprêtait à envoyer. Il avait commencé à la rédiger et devait attendre la conclusion de son entretien avec votre époux pour la transmettre. Cette lettre vous était destinée.

Aude Dumesnil se crispa et son visage perdit ses couleurs.

« Que dit cette lettre ? »

— Monsieur Balanquin vous explique avoir compris qui écrivait les livres d'Antoine Dumesnil. Il ne s'est pas mis à avoir du talent brusquement en rentrant de Paris. Lorsqu'il est revenu de la capitale, il a rencontré quelqu'un chez qui il a découvert un potentiel incroyable.... Et cette personne, c'est vous Aude...

La dame se leva et arpenta la pièce, fortement troublée.

— Pourquoi le cacher? Pourquoi servir votre mari? Tout ceci n'est que mensonge! Il s'apprête à recevoir un prix qu'il ne mérite pas!

Aude Dumesnil vint s'assoir de nouveau près de Jeanne et se mit à écrire avec frénésie.

« Si vous êtes mon amie, ne dites rien à personne. Je vous en supplie. »

Jeanne secoua la tête, dépitée.

— Je ne vous comprends pas. Vous l'aimez à ce point? ...

Les larmes apparurent sous les longs cils d'Aude Dumesnil.

« Ne cherchez pas à comprendre... »

La dame se dirigea vers un petit secrétaire et fouilla à l'intérieur avant de revenir, un papier à la main.

« Il faut penser à vous et vous sortir de cette situation. »

Jeanne prit la feuille tendue.

« Vous devez retrouver votre frère. J'ai gardé cette lettre qui vous était destinée. Vous devez partir car je reçois du monde. Mais revenez me voir, je vous en prie. »

Les yeux de son amie brillèrent d'émotion. Jeanne acquiesça lentement. Un élément attira son attention. Sur le secrétaire, une feuille sombre y était posée. Aude Dumesnil remarqua l'attitude de son amie et vint regarder ce qui avait tant étonné Jeanne.

« Il s'agit d'un message du père de mon époux. »

Le même support que pour les faux ! ... Quelque peu déboussolée, la domestique prit congé.

De nouveau dehors, elle progressa au hasard dans les rues avant de s'arrêter. Ses idées se bousculaient : les réponses évasives d'Aude qui n'avait toutefois pas nié être l'auteure des romans d'Antoine Dumesnil, ses propos concernant son frère et la feuille utilisée par Philippe Dumesnil. Elle songea qu'Aurore Dupin et Benjamin Moutier avaient à cette heure-ci sans doute confirmé leurs hypothèses en trouvant eux aussi un papier de ce genre après leur visite chez le banquier. Il serait toujours temps de leur en parler. Elle se décida à ouvrir la lettre de son frère, les mains tremblantes.

Chapitre 9

Jeanne Tusseau essuya une larme et relut la lettre, appuyée contre la table du cabaret.

Les lieux étaient combles en cette fin de journée mais personne ne prêtait attention à la jeune femme.

« *Ma chère Jeanne,*

Je prie pour que tu puisses un jour lire ces quelques lignes car mon âme ne pourrait trouver le repos si je n'ai pas ton pardon. Sache que je suis conscient de mes erreurs. Ma fuite est impardonnable mais je ne voyais aucune autre solution. Nous nous apprêtions à tout perdre et je risquais de me retrouver en prison pour un crime que je n'ai pas commis. J'ai agi sottement, je l'avoue, et la colère m'a entrainé dans des actions répréhensibles. Mais je n'ai pas tué notre père !

Si j'ai sollicité Monsieur Dumesnil, ce n'était que pour l'aider car sa fierté l'en aurait empêché.

Il est évident que quelqu'un lui a tendu un piège en lui adressant ces faux documents. J'ai en effet entendu la querelle entre notre père et Monsieur Gaucher. Ce dernier et le notaire sont passés près de moi sans même me voir. J'étais tellement anéanti par ce qui venait de se passer que je suis tout d'abord resté caché dans le couloir. Mais lorsque Père a rejoint la bibliothèque, je suis entré à mon tour dans le bureau et n'ai pas vu les documents. Il devait les avoir pris avec lui.

Il y a eu un cri puis le coup de feu. J'ai accouru mais il était trop tard. Certains ont sous-entendu que ma présence près du corps faisait de moi le coupable. Or, je suis certain d'avoir vu une ombre passer derrière la maison. Et pas de trace des faux titres de bourse. De même pour la montre qu'il affectionnait tant ! Impossible de la retrouver. Or, il la portait toujours sur lui et y avait fait graver ses initiales et un serpent. Te rappelles-tu ce qu'il disait concernant ces animaux qui t'effrayaient ? Que toute chose sur Terre avait un rôle bien précis… J'ai cherché cette montre dans les commerces, en vain. Cela m'aurait permis de retrouver le voleur et sans doute le véritable meurtrier de notre père. Mais là encore, j'ai échoué…

J'ai préféré partir plutôt que jeter l'opprobre sur notre famille et surtout sur toi, ma chère petite sœur. Je transmets ma lettre à Aude, la seule en qui j'ai confiance. Je te demande encore humblement pardon pour tout le mal que je t'ai fait. Peut-être nous reverrons-nous, si ce n'est pas ici, que ce soit dans une autre vie…

Ton frère, Martin. »

Les propos de son aîné réveillaient toute la douleur ressentie à cette époque.

Bien des zones d'ombre demeuraient quant à la mort de leur père. Se pourrait-il qu'il ait été assassiné ? Mais dans ce cas, pour quelle raison ?

Benjamin Moutier et Aurore Dupin pourraient-ils l'aider ? La jeune femme avait perçu quelques hésitations de leur part. Remettaient-ils en cause l'implication d'Antoine Dumesnil ? Cet homme n'était qu'un menteur, un tricheur et pire encore, un monstre au sang-froid... Un reptile. Cependant, Aude ne semblait nullement s'offusquer de cette situation.

Jeanne froissa la feuille, furieuse. Aude, la seule en qui Martin pouvait avoir confiance! Ne l'avait-elle pas trahi en épousant Antoine Dumesnil? Jeanne avait longtemps cru que, par un stratagème qu'elle ignorait, l'auteur avait arraché l'accord de son amie pour un mariage mais qu'il ne s'agissait nullement d'amour. Or, cette hypothèse se trouvait fortement malmenée après leur conversation. Aude Dumesnil se montrait complice de son époux. Jusqu'où cette complicité pouvait-elle bien aller?

Un air de violon plus vif lui fit lever le menton. L'une des cabaretières se tenait devant le musicien et frappait du pied en cadence. Petit à petit, tous les clients la suivirent en tapant dans leurs mains.

La femme se mit à esquisser quelques pas. Lorsqu'elle aperçut Jeanne, elle vint la chercher.

— Ma'mselle! À vous de danser un peu avec nous!

Celle-ci tenta de refuser mais elle se trouva finalement aux côtés de la cabaretière et se vit portée sur l'une des tables. Dominant les lieux, elle se laissa bousculer par sa cavalière avant de frapper à son tour du talon sur les tables en bois, au rythme de l'instrument. La jeune femme sentit ce besoin irrépressible d'oublier, de ne plus penser. Oublier son frère, Aude, Antoine Dumesnil et... Benjamin Moutier. Elle cognait, tournait, tapait dans ses paumes, évacuant toute la rage, la peine et la détresse qui n'avaient eu de cesse de la tourmenter depuis deux années.

Le violon accélérait encore.

Elle crut reconnaitre parmi la foule une silhouette, un chapeau à la teinte familière mais ne lui prêta pas davantage attention. Jusqu'à ce que l'homme en question se postât devant elle. Benjamin lui lançait des regards effarés et inquiets.

— Mademoiselle Tusseau, descendez de là! Nous devons parler.

— Je ne souhaite pas parler, je souhaite danser.

— Vous aurez bien des occasions de le faire. Mais l'urgence n'est pas là.

Il semblait sur le qui-vive et scrutait les autres clients avec méfiance.

Jeanne haussa les épaules.

— Vous ne pouvez guère comprendre.

— Je sais, je sais. Si vous descendez, je comprendrai sans doute mieux.

La jeune femme s'arrêta en soupirant. La lumière des bougies se refléta curieusement dans la salle. Jeanne sursauta et dans un réflexe, bondit sur le sol.

— Attention!

Elle s'effondra sur l'avocat tandis qu'une détonation éclatait soudain. La musique stoppa net et des cris fusèrent. Une foule affolée cherchait à se mettre à l'abri.

Jeanne entraina l'avocat vers une sortie à l'arrière du bâtiment. Un nouveau coup de feu les fit accélérer. À l'air libre, ils se remirent à courir.

— Qu'avez-vous fait, Mademoiselle Tusseau, pour que quelqu'un veuille vous tuer?

— Et pourquoi serait-ce moi qui serais visée ? Vous pouvez très bien avoir posé des questions agaçantes!

Des pas précipités leur indiquèrent que le poursuivant se rapprochait dangereusement. Jeanne bifurqua dans une bâtisse en construction.

— Que faites-vous?

— Venez!

Elle ne voulait surtout pas perdre leur avance. Benjamin devait manquer d'exercice car il paraissait de plus en plus essoufflé. Il lui fallait trouver une échappatoire qui sèmerait radicalement leur agresseur.

Elle n'avait pas pu voir qui leur avait tiré dessus, les lieux manquaient de lumière. Une chose toutefois pouvait être notée : le tireur semblait sûr de lui. Qui cela pouvait-il être?

Un nouveau coup de feu la fit sursauter.

— Il n'est pas loin! Pressez-vous!

Elle attira Benjamin au dernier étage du bâtiment dont le toit manquait encore. Depuis le trou formé par une future fenêtre, ils purent deviner le vide qui s'ouvrait sous leurs pieds.

— Et maintenant?

Jeanne fixa son regard dans celui de l'avocat. Elle prit sa main.

— Vous me faites confiance?

— Pourquoi dites-vous cela ?

Sans même répondre, elle sauta sans lâcher les doigts de l'homme, l'entrainant dans sa chute. Ce dernier poussa un cri d'effroi. Une toile retint brusquement leur chute. Jeanne roula avant de tomber de nouveau sur un tapis de paille.

Benjamin Moutier atterrit à son tour, choqué et douloureux.

— Il eût été aimable de me prévenir !

— Auriez-vous sauté immédiatement si je vous l'avais dit ?

L'avocat s'abstint de répondre et tous deux se remirent en route. Jeanne souhaitait s'éloigner à tout prix. Le tireur connaissait visiblement bien l'endroit. Ils n'étaient pas encore sortis d'affaire.

Un fiacre stoppa non loin d'eux et la portière s'ouvrit violemment. La tête d'Aurore Dupin apparut alors.

— Venez ! Vite.

Un immense soupir de soulagement s'échappa des lèvres de Jeanne alors qu'ils montaient dans la voiture et que cette dernière les éloignait de la ville.

— Eh bien, jeunes gens, je crois que vous êtes parvenus à mettre quelqu'un en colère.

— Reste à savoir qui se trouve le plus contrarié maintenant ? …

*

Aurore Dupin s'étira et caressa Alfred.

— Mon ami, à quelle histoire nous sommes-nous mêlés ? L'écriture est une activité somme toute fatigante mais bien plus tranquille… et sûre.

Des nuages gris parsemaient le ciel et menaçaient de tourner à l'orage. Elle sortit du lit. Les évènements de la veille l'avaient bien plus ébranlée qu'elle ne l'aurait cru. Penser que Benjamin et Jeanne puissent avoir risqué leur vie la faisait frissonner d'effroi. Quant à la jeune Aude Dumesnil, comment pouvait elle écrire pour son époux et rester dans l'ombre de cet homme ? Pour quelle raison cette jeune personne se laissait-elle ainsi utiliser ?

Jeanne lui avait donné l'impression d'en vouloir à son amie d'enfance. La pensait-elle coupable d'un quelconque méfait ? Une forme de trahison ? Sans doute vis-à-vis de Martin Vannier.

Les propos tenus par Antoine Dumesnil à l'attention de son épouse pouvaient laisser penser que celle-ci se trouvait en danger. Le terme « utile » prenait tout son sens.

Les émotions de la veille l'avaient privée de sommeil en allant se coucher. Aurore Dupin s'était alors plongée dans la lecture du fameux roman « L'abîme des âmes » soi-disant écrit par Antoine Dumesnil et que Viviane Moutier avait enfin récupéré. Il s'agissait de l'histoire de Margareth, tiraillée entre son devoir et son amour pour un homme qu'elle connaissait depuis l'enfance et dont les tendres sentiments n'avaient éclos que tardivement alors que celui-ci s'apprêtait à s'enrôler comme marin. La sensibilité, la douceur des mots, la justesse des sentiments avaient bouleversé l'écrivaine. Elle retrouvait davantage Aude Dumesnil dans ces écrits que son époux.

La nuit avait ensuite été entrecoupée de réveils brusques et il était déjà fort tard lorsqu'elle quitta sa chambre.

Viviane Moutier prenait le thé dans le petit salon. Elle accueillit son amie avec bonne humeur.

— J'étais inquiète hier soir de ne pas vous voir rentrer de votre course avec Benjamin.

— Tout s'est bien passé et je vous prie de m'excuser de vous avoir donné de telles émotions.

— Ce n'est rien. Après tout, mon but en vous invitant ici était de vous permettre de vous changer les idées.

— Votre objectif est donc atteint.

Viviane posa sa tasse et frappa sur ses genoux.

— Eh bien, j'en suis ravie et je vous propose de poursuivre nos promenades ! Que diriez-vous d'aller voir la modiste afin de nous procurer une tenue pour le prix littéraire qui a lieu dans quelques jours ?

— C'est une excellente idée.

— Alors ne perdons pas de temps. Je vous laisse prendre votre petit déjeuner et demande que la voiture soit préparée. Jeanne nous accompagnera pour les courses.

— Et où se trouve votre fils ?

— Il a dû partir de bonne heure pour rencontrer des clients à son office.

Aurore Dupin acquiesça. Viviane disparut dans le couloir.

L'écrivaine souffla sur l'eau chaude, pensive. Elle aurait aimé discuter avec Benjamin. Qui avait bien pu tenter de les tuer ? Et tuer qui ? Était-ce Benjamin ou Jeanne qui se trouvait visé par ces tirs ?

Elle acheva son repas et rejoignit Viviane. La route accompagna les propos enjoués de son amie qui faisait l'éloge de la couturière chez qui elles se rendaient.

Le fiacre s'arrêta enfin dans une petite rue d'Angers. La boutique lui fit bonne impression. Propre, parfaitement tenue, et présentant bien des choix de couleurs et de tissus.

Jeanne les suivait, quelques mètres en arrière. Aurore Dupin la voyait songeuse, ce qui pouvait se comprendre. La domestique n'osait toucher aucune étoffe mais l'écrivaine perçut un intérêt pour l'une d'entre elles. D'un ton crème, le tissu avait sans nul doute de belles qualités. Aurore Dupin s'en approcha et toucha le rouleau.

— Ceci vous tente ? souffla Viviane.

— Certainement. Je souhaiterais commander une longueur pour une robe.

Deux clientes entrèrent à cet instant dans le magasin. Viviane poussa une exclamation et vint à leur rencontre.

— Madame Lagardère ! Quel plaisir de vous voir ici !

Aurore Dupin reconnut l'une des convives du thé qu'avait organisé son amie.

Soudain, une silhouette attira son attention. Un homme patientait devant la boutique. Elle reconnut Gustave Vaubert. Ce dernier la fixait avec intensité. Elle prit le bras de Jeanne et sortit, s'excusant au passage auprès de Viviane.

— Monsieur Vaubert. Je suis étonnée de vous voir par ici. Vous cherchez une toilette pour votre fiancée ?

— Je souhaitais vous parler, à vous et à Mademoiselle Vannier…

Il se tourna vers Jeanne qui rougit brusquement, inquiète sans doute que ce nom soit prononcé de cette façon.

— Que souhaitiez-vous nous dire ?

— Je n'ai pas tout évoqué lors de notre dernière entrevue…

— Et ?

— Eh bien… Martin Vannier a confié d'autres choses à ma sœur.

Aurore Dupin sentit ses nerfs se tendre.

— Il a parlé d'une discussion avec Antoine Dumesnil. Selon votre frère, l'homme aurait souhaité épouser ma sœur par intérêt. Je n'ai pas compris en quoi. Nous n'avions guère plus de fortune que Monsieur Dumesnil à l'époque.

L'écrivaine échangea un rapide regard avec Jeanne. Toutes deux savaient maintenant ce qui avait tant intéressé l'auteur chez Aude.

— Martin Vannier aurait eu des mots avec cet homme et aurait été trop loin.

Jeanne laissa échapper une exclamation :

— Comment cela trop loin ?

— Je ne saurais dire. D'autant que Martin Vannier s'est enfui. Et puis…

Masquant son agacement, Aurore Dupin invita silencieusement l'homme à poursuivre.

— Il n'y avait pas uniquement un manuscrit dans la pochette déposée chez Roger Balanquin le soir de sa mort.

Il paraissait de plus en plus tendu et sa joue se contractait au rythme du balancement de ses pieds.

— Lorsque Martin est venu chez nous pour parler à ma sœur, il a oublié l'article concernant la mort de son père que j'ai trouvé et gardé. Il y a quelques semaines,

Monsieur Balanquin m'a interrogé sur Aude et son époux. Je lui ai raconté leur rencontre et surtout la rupture de fiançailles. Il a paru particulièrement intrigué par cette histoire. J'ai évoqué cet article et il m'a demandé de le lui apporter, ce que j'ai fait alors qu'il s'était absenté. J'en avais profité pour lui glisser mon manuscrit.

— Et alors ?

— Alors ? Quand je suis venu récupérer ma pochette en cuir le lendemain, l'article avait disparu.

Aurore Dupin resta silencieuse.

Gustave Vaubert ajusta son chapeau.

— Je ne sais pas si ceci peut vous aider mais… je voulais vous le dire. Ma sœur parait étrange ces derniers temps. J'ai pensé qu'il pouvait y avoir un lien avec la mort de Roger Balanquin.

— Et nous vous en remercions.

L'homme s'inclina devant les deux femmes et repartit dans la rue. Jeanne se plaça face à Aurore Dupin.

— J'avais donc raison ! C'est bel et bien Antoine Dumesnil qui a tué Roger Balanquin. L'éditeur souhaitait le rencontrer car il savait qu'Antoine Dumesnil n'a jamais écrit une ligne de ces livres ! Et pour protéger son secret, ce dernier l'a tué !

— Pardonnez-moi mais je crains que ce ne soit excessif. Bien des auteurs se cachent derrière des écrivains de l'ombre sans que cela ne gêne qui que ce soit…

Jeanne parut offusquée mais n'en démordait pas.

— Roger Balanquin était sans doute un homme de principes, un homme droit et honnête. Je vous le redis, c'est Antoine Dumesnil qui l'a tué !

— Comment ? Avec le serpent ?

— Non ! Il l'a peut-être poussé tout simplement et Roger Balanquin est mort de cette chute.

Aurore Dupin songea au tapis qui se trouvait juste devant la commode contre laquelle le malheureux s'était mortellement cogné.

— Mais quel rapport avec le journal ?

— Je ne sais pas… Peut-être cherchait-il une autre preuve de la duperie de cet homme ! Et maintenant, il menace Aude ! Nous devons agir.

— Un instant, jeune fille ! Nous n'avons aucune preuve, encore une fois.

— Et la lettre ?

— La lettre évoque juste les soupçons de Roger Balanquin.

— Il lui a adressé ce courrier car il savait que c'était elle ! Et Aude a avoué !

— À vous. Mais elle niera devant d'autres personnes.

— Antoine Dumesnil est prêt à tout pour préserver son secret, jusqu'à tuer son épouse !

— Non, il ne va pas la tuer, tant qu'il pensera qu'elle est la seule à savoir… Par contre, il peut avoir découvert que nous sommes au courant et il a cherché à vous éliminer hier soir…

Aurore Dupin se tut un court instant.

— Toutefois, je doute que ce ne soit que pour cacher sa supercherie. Je crains qu'il y ait plus grave encore. Savez-vous si c'est un bon tireur ?

— Je ne crois pas. Mais pour tuer Roger Balanquin, il n'avait pas besoin de…

Jeanne s'interrompit, soudain tendue.

— Que vous arrive-t-il ?

— Rien, je pensais aux serpents. Il faudrait que j'aille vérifier quelque chose. Pourriez-vous m'excuser auprès de Madame…

— Non Jeanne, je ne peux pas vous laisser partir. C'est bien trop dangereux. Nous évoquerons tout ceci avec Benjamin dès son retour.

La porte de la boutique s'ouvrit dans un tintement aigrelet et Viviane les rejoignit à l'extérieur.

— Eh bien, ma chère, que faites-vous dehors ?

— Je prenais un peu l'air.

— Votre tissu vous attend.

— Je vais passer commande, je vous remercie. Et vos amies ? …

— Monsieur et Madame Lagardère seront présents lors du prix littéraire ainsi que leur fille, Maude.

Un sourire malicieux se dessina sur le visage de la dame.

— J'en profiterai pour inciter mon fils à échanger avec elle. Une belle occasion, n'est-ce pas ? Et justement, Jeanne, Madame Lagardère souhaiterait s'entretenir avec vous pour le poste de gouvernante. Ils seraient très pressés de vous avoir avec eux. D'ici la fin du mois, je pense.

— Bien Madame…

*

Aurore Dupin s'arrêta devant l'immense bâtiment qui s'élevait sur le boulevard de Saumur. La bonne société angevine s'y retrouvait.

Elle était parvenue à soutirer quelques renseignements à Viviane sur les habitudes d'Antoine Dumesnil et comptait bien aller le questionner seule. La frayeur causée par la tentative de meurtre à l'encontre des deux jeunes gens la faisait encore trembler. Il n'était pas question qu'une telle situation se produise à nouveau !

L'écrivaine était décidée à interroger Antoine Dumesnil afin d'identifier l'existence éventuelle d'une faille dans son discours.

Elle entra dans l'une des salles pourtant réservée au cercle d'hommes, aristocrates et bourgeois de la ville. Des regards courroucés accompagnèrent sa progression dans la pièce mais la vieille dame ne s'en souciait guère.

Était-il possible qu'Antoine Dumesnil ait tué Roger Balanquin uniquement pour cacher sa duperie quant à ses écrits ? Il n'aurait pas été le premier et sans doute pas le dernier à user de ce type de procédé. Il y avait certainement autre chose, mais quoi ?

Un groupe d'hommes discutait, installés sur des fauteuils. Antoine Dumesnil était assis parmi eux et se pavanait. Aurore Dupin le trouva brusquement fort laid et repoussant avec ce sourire mièvre et cette attitude pédante. La fatuité se lisait dans le moindre de ses gestes. Il devait jubiler à briller de cette manière, attirant les regards et les convoitises.

Cette mascarade l'écœurait. Mais elle comprit à cet instant qu'il ne serait pas simple de lui faire avouer ce mensonge ou à tout autre éventuel secret susceptible d'anéantir son empire.

Antoine Dumesnil la vit à son tour et vint immédiatement à sa rencontre.

— Madame Sand, vous êtes-vous perdue ? Cet endroit est réservé aux hommes…

— Je vous cherchais. Et croyez bien que dans mon parcours, j'ai eu maintes fois l'occasion de me trouver dans des assemblées exclusivement masculines…

— Soit, mais je vous propose que nous sortions pour discuter, si vous le voulez bien.

Aurore Dupin se plia à la requête et ils se retrouvèrent dans le petit jardin dominé par la bâtisse.

— Que puis-je pour vous ?

— Je me demandais si vous aviez un prochain projet en cours ?

Il rit.

— Vous avez fait tout ce chemin et bravé le courroux des hommes du Cercle pour cela ?

— Oui.

Face au sérieux qu'affichait la dame, son hilarité retomba.

— Eh bien, j'ai un manuscrit achevé qui devait être publié avec Roger Balanquin. Ce travail m'a fortement épuisé et je prends toujours un peu de temps entre deux histoires.

— Vous souhaitez donc publier votre nouveau projet avec Monsieur Jossiot.

— Sans doute. Je ne sais pas encore. Certains éditeurs sur Paris m'ont contacté.

— C'est une chance en effet. J'imagine que rien ne vous liait de toute manière à Monsieur Balanquin.

— Comment cela ?

— Vous n'étiez pas tenu de lui réserver vos ouvrages.

— Non, en effet. Mais j'étais satisfait de notre collaboration, jusqu'à ce que je découvre les… problèmes qu'il dissimulait.

L'air affligé qu'il afficha agaça l'écrivaine. Il n'y avait pas une once d'honnêteté chez cet homme et cela sautait aux yeux à qui voulait bien le voir. Aurore Dupin fronça les sourcils.

— La confiance qui lie un auteur et son éditeur est essentielle.

— Mais tout à fait…

— Il arrive même que certains puissent devenir plus que de simples collaborateurs, voire des amis et que des secrets viennent à être confiés…

— Je n'irais pas jusqu'à l'amitié concernant Monsieur Balanquin, mais il était bel et bien quelqu'un que je respectais. Toutefois, je n'étais nullement dans ses confidences et n'ai su que trop tard les difficultés dans lesquelles il se trouvait.

Aurore Dupin acquiesça.

— Pardonnez-moi mais en tant qu'écrivaine, je suis curieuse de connaitre les méthodes d'écriture de mes confrères. J'ai lu votre roman. Il a fallu une très grande sensibilité pour écrire un tel ouvrage. Comment vous viennent vos idées ?

Antoine Dumesnil adopta l'attitude qu'il devait avoir avec tous ceux qui lui posaient ce genre de questions. Il dressa la tête et une sorte de complaisance luit dans son regard.

— Eh bien, de tout ce que je vois, je lis, j'observe. Sans doute comme vous…

— C'est vrai. Mais bien des histoires me viennent de mon propre vécu. Je m'en sers souvent comme point de départ, comme source d'inspiration pour l'émotion que je donne à mes personnages. Votre héroïne ressent une très lourde culpabilité et bien des regrets. Vous sentez vous proche d'elle ?

Un éclair sombre passa dans ses yeux.

— Nous avons tous nos regrets, je pense.

— Était-ce un regret en particulier auquel vous pensiez pour votre personnage ?

Il pouffa, apparemment déstabilisé par la question.

— Ma foi… pas spécifiquement… J'utilise seulement mon expérience pour mettre de la puissance dans mes textes.

— De la puissance ?

— Oui.

— C'est étrange. Ce n'est pas le mot que j'aurais utilisé. J'aurais davantage parlé de douceur…

De plus en plus mal à l'aise, il se mit à tousser et jeta un coup d'œil sur l'entrée de la salle.

— Je suis désolé mais mes amis vont s'interroger sur mon absence.

— Je comprends… Je ne voudrais pas vous retenir. Nous nous verrons de toute manière à la remise du prix.

— Avec plaisir.

Aurore Dupin regarda l'homme gravir les escaliers et se glisser dans le bâtiment. Elle eut alors la certitude qu'il ne dirait rien et était sans doute prêt à tout pour protéger son secret. Le faire tomber relèverait du miracle…

*

— Madame, avec tout le respect que je vous dois, votre démarche était fort imprudente.

Benjamin semblait contrarié et il invita Aurore à le suivre dans le jardin, à l'abri d'oreilles indiscrètes. Il était rentré de ses rendez-vous et tous attendaient leur invitée pour prendre un thé.

Aurore devina aisément qu'il s'était assuré que Jeanne se trouvait dans la demeure et allait bien. Il lui parut tout à la fois détendu et profondément inquiet.

— Je sais parfaitement ce que je faisais, rassurez-vous. Rencontrer Antoine Dumesnil m'a permis de confirmer malheureusement que cet homme était un escroc et un menteur. Mais surtout qu'il ne dirait rien s'il était vraiment lié à l'histoire.

Ils s'installèrent à l'ombre des arbres et virent venir à leur rencontre, le pas alerte, Jeanne.

— Madame, j'ai eu si peur pour vous. Vous avez disparu après notre rencontre avec Monsieur Vaubert.

— Rassurez-vous mon enfant. Je vais bien. Pardonnez-nous, Benjamin, vous avez manqué bien des évènements aujourd'hui. Nous vous devons quelques explications.

Elle relata alors la rencontre avec Gustave Vaubert chez la modiste et les éléments qu'il leur avait confiés.

— Cela ne semble pas très bon.

Jeanne lui jeta un regard dubitatif.

— Pour votre client ?

Il lui rendit son coup d'œil.

— Et pour qui d'autre selon vous ?

Les poings de Jeanne se serrèrent.

— Je me doutais que vous ne faisiez tout ceci que pour protéger cet homme.

— Et vous, pour qui vous battez vous réellement, Mademoiselle ? Pour votre amie ou pour l'honneur de votre frère ?

La jeune femme sursauta.

— Comment osez-vous douter de ma sincérité concernant Aude ? Elle est en danger, je le clame et le répète ! Vous voilà à chercher des excuses pour retourner votre veste ! Je savais que vous ne sauriez tenir votre parole de défendre la loi, quoi qu'il en coûte !

— Détrompez-vous Mademoiselle ! Ce n'est pas la loi, ni même Monsieur Dumesnil que je défends aujourd'hui.

— Mais alors qui défendez-vous donc, Maitre ?

Il se leva brusquement.

— C'est vous ! Vous que je défends, Jeanne Vannier !

La jeune femme ouvrit grand les yeux et parut plus que troublée.

Aurore Dupin se félicita de voir enfin un peu de sincérité entre eux mais songea qu'il n'était pas temps de se perdre en conjectures.

Elle se plaça entre les deux jeunes gens et déclara d'une voix ferme mais calme :

— Soit. Maintenant que tout ceci a été dit et que les motivations de chacun ont été clairement exposées, si nous reprenions le cours de notre affaire. Dans quatre jours maintenant aura lieu la remise du prix. Et dans cinq jours, Jeanne travaillera chez les Lagardère.

— Je vous ai dit que…

— Oui, oui, qu'il n'en était pas question. Mais visiblement, ce n'est pas l'avis de votre mère. Toujours est-il qu'il y a fort à penser que ce sera Antoine Dumesnil qui recevra ce prix et ce, bien qu'il n'ait sans doute écrit aucune ligne de ce roman. Il ne sait même pas de quoi parle le livre…

— Vous avez raison, souffla Benjamin. Concentrons-nous sur l'objectif.

— Retrouver les documents falsifiés de mon père relèverait du miracle. Mon frère a disparu, Madame. Si Aude sait quoi que ce soit, elle s'est abstenue de m'en faire part.

— Sans compter que nous ne savons même pas s'il a réellement les faux.

Aurore Dupin s'installa de nouveau et se perdit dans ses pensées. Jeanne s'agaçait visiblement.

— Je ne sais plus quoi croire…

— Que voulez-vous dire ?

— Pour quelle raison Aude Dumesnil cherche-t-elle à ce point à cacher la vérité ? Y a-t-il un secret qui les lie ? Au sujet de mon père par exemple ?

Aurore Dupin retint son souffle.

— Nous avons également émis cette hypothèse avec Benjamin. Se pourrait-il qu'elle tente de protéger quelqu'un qu'elle aime ou a aimé ?

— Que voulez-vous dire ?

— Aurait-elle eu quelques aveux de votre frère qu'elle aurait été obligée de protéger de cette façon ? En épousant Antoine Dumesnil et en lui cédant ses écrits ? Pensez à ce qu'a évoqué Gustave Vaubert : des mots échangés entre Martin Vannier et l'auteur. Votre frère aurait avoué avoir été trop loin, mais en quoi ?

— Je ne sais pas… Je ne sais plus. Si ce n'est que nous avons été poursuivis par un tireur émérite juste après ma visite chez Aude…

Benjamin haussa les épaules.

— Soit. Gardons en tête cette éventualité. Mais si vous le voulez bien, commençons par celui pour lequel nous avons le plus de certitude, à savoir Antoine Dumesnil. Nous avons maintenant la confirmation qu'il n'est pas l'auteur qu'il prétend être. Et d'après ce que j'ai appris sur cet homme, son ambition liée à sa jalousie maladive n'a pas de limite. Il en voulait à votre frère. Toutefois, je ne parviens pas à établir le lien entre lui et ces faux donnés à votre père.

— Il n'aurait rien accepté venant des Dumesnil !

Aurore se leva.

— Lui non, mais votre frère ?

Jeanne devint blême, incapable de répondre.

— Nous tournons en rond et le temps passe, souffla Benjamin. Il nous manque un maillon…

Nous sommes sans doute passés à côté de quelque chose chez l'éditeur. Je vais y retourner.

— Vous ne pouvez pas y aller seul ! s'indigna Aurore Dupin. Je vous accompagnerai !

Benjamin secoua la tête.

— Pas question. Il n'est pas nécessaire d'y aller à deux. Et je suis sûr de ne courir aucun danger. Mais je pense que si nous approchons de la vérité, alors il doit y avoir un élément qui nous a échappé là-bas et qui est la cause de la mort de Roger Balanquin.

L'écrivaine soupira :

— Vous pensez au papier brûlé ?

— Entre autres. Malheureusement, nous ne saurons jamais ce que cela pouvait bien être.

— À moins que ce ne soit…

L'écrivaine s'était lentement levée, les yeux perdus au loin.

— L'article !

— L'article apporté par Gustave Vaubert ?

— Oui ! N'a-t-il pas dit que ce papier n'était plus dans la pochette le lendemain lorsqu'il est revenu la chercher ? Et il a bien parlé d'un article pas du journal, ce qui pourrait correspondre à ce que vous avez vu, Benjamin, dans la cheminée.

L'homme acquiesça.

— Oui, c'est probable. Mais qu'avait donc cet article de si particulier ?

Jeanne haussa les épaules.

— Je ne saurais dire… Je l'avais forcément vu, mais à l'époque, je n'avais plus toute ma tête… Ce dont je me rappelle était une photo de mon père qui remplissait amplement la page. Il s'agissait d'un portrait qu'il avait fait faire et dont il était particulièrement fier.

Benjamin réajusta sa veste.

— Très bien, je partirai après le déjeuner et vous tiendrai informées de mes recherches à mon retour. Toutefois, je me dois de régler certaines questions avant de m'absenter…

Chapitre 10

Benjamin faisait face à Viviane Moutier. Installée dans la bibliothèque, elle semblait absorbée dans sa lecture. Le jeune homme avait bien du mal à garder son calme. L'attitude de sa mère envers Jeanne lui était totalement incompréhensible. Il n'admettait pas de voir la jeune femme quitter la demeure.

Il était parvenu à ne pas évoquer la question durant le repas mais il ne pouvait décemment plus repousser cette conversation.

Viviane leva les yeux sur son fils.

— Que vous arrive-t-il Benjamin ?

— Il me semble que c'est à moi de vous le demander.

La dame éclata d'un rire franc.

— Suis-je devenue une suspecte aux yeux de mon fils ?

— Que dites-vous ? Il ne s'agit nullement d'un interrogatoire ! J'aimerais seulement que vous m'expliquiez votre souhait de faire partir Jeanne. Ne l'avez-vous pas acceptée ici en connaissance de cause quant à ses références ?

Viviane posa lentement son livre sur la petite table. Benjamin observa un léger changement dans l'attitude de sa mère. Elle toujours si enjouée, affichait soudain un air grave.

— Effectivement…

— Mais alors, pourquoi la faire partir ?

— Ce n'est pas votre mère, Monsieur…

Benjamin fit volte-face et se trouva face à Jeanne. Sa pâleur effraya un instant l'avocat. La domestique semblait se battre pour garder le contrôle et il s'abstint de faire le moindre mouvement vers elle.

— Comment cela ?

— Ce n'est pas votre mère qui est responsable de la situation. Je le suis entièrement.

— Que voulez-vous dire ?

Viviane se leva et fit sonner la clochette. La femme de chambre se présenta à son tour.

— Allez chercher notre invitée, je vous prie.

Puis se tournant vers Benjamin :

— Après tout, votre duo mérite de connaitre toute la vérité puisque vous semblez vous être passionnés pour cette histoire.

Benjamin se rassit, étourdi par l'attitude de sa mère. Qu'avait-elle bien pu lui cacher ? Jamais il ne l'imaginerait mêlée à quelque complot ! Son angoisse monta et il fut soulagé de voir Aurore Dupin entrer à son tour dans la pièce et s'assoir près de lui, tout aussi étonnée par cette sollicitation.

— Vous avez demandé ma présence, Viviane ?

— En effet. Mes tentatives pour vous éloigner du danger semblent avoir été vaines alors autant que vous sachiez la vérité.

Aurore et Benjamin se jetèrent un regard.

— Je ne connaissais pas vraiment la famille Vannier. Tout du moins pas très bien. Mais Hélène Vannier, née de Tusseau, si. Nous avions été élèves toutes deux dans le même couvent. Elle était issue d'une famille noble, moi non. Malgré tout, nous parvenions à nous entendre et à nous respecter. Lorsque j'ai appris la mort de Monsieur Vannier, son épouse a souhaité me voir. Elle me disait avoir gardé de moi le souvenir d'une jeune femme généreuse et bienveillante. Jeanne et Martin couraient de grands dangers selon elle. Elle ne savait quoi faire pour son fils mais m'a suppliée de prendre soin de Jeanne s'il venait à lui arriver malheur. J'ai donné ma parole, émue par sa détresse. Hélène Vannier nous a quittés peu de temps après cet entretien et Jeanne s'est enfuie. Elle ignorait tout de notre accord. Je suis parvenue, grâce aux domestiques, à retrouver la jeune femme qui s'était cachée dans l'une des… auberges de la ville.

Benjamin songea à la cabaretière qu'il avait croisée le 14 juillet et qui semblait bien connaitre Jeanne.

— Martin Vannier venait également de disparaitre. J'ai proposé à Jeanne de l'envoyer comme dame de compagnie chez l'une de mes connaissances près de Nantes. Elle a accepté après avoir compris que les choix qui s'offraient à elle étaient bien maigres. Mais il y a quelques mois, Jeanne a souhaité revenir en Anjou. Je ne pouvais pas prendre le risque qu'un emploi trop exposé la fasse reconnaitre et c'est pour cela que je l'ai prise sous mon aile ici. Toutefois…

Viviane jeta un regard sur Jeanne qui gardait obstinément la tête basse puis se tourna de nouveau vers son fils.

— Je ne m'attendais pas à ce qu'il s'est produit à votre retour.

— Mère, il est logique qu'en tant qu'avocat, je me suis chargé de l'enquête de…

— Je ne parle pas de cela…

Benjamin se tut, comprenant alors qu'il avait été bien peu discret quant aux sentiments qui l'animaient depuis sa première rencontre avec Jeanne.

— Je craignais au départ que vous l'ayez reconnue, croisée peut-être par le passé lors d'un bal. Mais j'ai ensuite compris ce qui était en train de se passer entre vous et… j'ai eu peur.

— Peur ? interrogea Aurore Dupin.

— Oui, peur que toute cette histoire puisse venir ternir la réputation de Benjamin encore fragile. S'il venait à… se marier avec vous Jeanne, alors même que le scandale est encore dans les esprits, comment pourrait-il s'assurer une clientèle comme avocat ? Je suis navrée mais il me semble plus simple de vous éloigner et de vous protéger mutuellement.

Jeanne s'avança :

— Madame, je vous suis infiniment reconnaissante pour votre aide. Croyez que je ne souhaite nullement nuire à votre fils. Je partirai…

— Mère !

Benjamin avait bondi de son siège, les poings serrés.

Aurore se leva à son tour et posa la main sur le bras du jeune homme en signe d'apaisement.

— Viviane, et s'il y avait une autre solution qui permettrait à tous de sortir satisfaits de cette histoire ? …

*

Benjamin descendit du fiacre, l'esprit encore bouleversé par les propos échangés avec sa mère. Toutefois, la proposition d'Aurore Dupin avait su la rassurer et calmer sa propre colère.

Après tout, leur amie avait parfaitement raison : ils étaient sans doute très proches de découvrir la vérité sur la mort de Roger Balanquin et sur les circonstances exactes du décès de Monsieur Vannier.

S'ils venaient à prouver qu'il ne s'agissait que d'un coup monté destiné à faire tomber le malheureux en disgrâce, alors, l'honneur de la jeune femme et de sa famille serait entièrement lavé.

La perspective d'un mariage avec Jeanne se profila lentement dans l'esprit de Benjamin et il se surprit à sourire.

Cependant, il restait encore du chemin à parcourir avant de lever le voile sur les mystères qui entouraient ces deux meurtres. Et il lui sembla présomptueux de croire que ses sentiments étaient partagés et que la jeune femme accepterait une éventuelle demande de sa part…

L'avocat se présenta, encore songeur, devant la logeuse qui le reconnut immédiatement et le laissa entrer. Il pénétra dans l'appartement où rien n'avait bougé.

Le tapis contre lequel l'éditeur avait certainement trébuché se trouvait toujours de biais. La cheminée n'était qu'à quelques pas.

Benjamin se baissa et caressa les cendres. Il soupira en constatant qu'il ne pourrait rien obtenir de ce papier brûlé. Toutefois, un morceau plus clair lui permis de supposer qu'il s'agissait bien d'un extrait de journal. Conclusion somme toute hâtive qu'il ne se permit pas de valider complètement.

Il se redressa, tentant d'imaginer la scène. Une discussion avait dû s'engager entre la victime et un visiteur, que ce dernier ait été Antoine Dumesnil ou un autre individu. Toujours est-il que le mobilier était en ordre. Il n'y avait donc pas eu d'affrontement physique.

Toutefois, le désaccord avait pu entrainer des éclats de voix, de la colère et un geste de trop… Benjamin plaça l'arrière de son pied contre le tapis et fit mine de trébucher. Il procéda ainsi suivant plusieurs angles et constata qu'il arrivait à la hauteur de la commode pour deux tentatives sur quatre.

Or, ces hypothèses ne lui donnaient toujours pas le mobile du meurtre. Était-ce pour cet article que Roger Balanquin avait été tué ? Ou cachait-il autre chose ? L'appartement n'avait pas été fouillé, ce qui tendait à laisser penser que le meurtrier avait trouvé ce qu'il cherchait…

Alors qu'il s'avançait dans le bureau, il remarqua que des tiroirs étaient entrouverts. Il se rappelait pourtant avoir pris soin de bien remettre tout en place.

Un bruit dans la chambre l'interrompit. Il s'approcha lentement de la porte lorsque celle-ci s'ouvrit violemment manquant le heurter.

Il recula prestement et vit fondre sur lui une immense silhouette dont le visage se trouvait dissimulé par un foulard. Il ne put éviter le coup contre sa joue qui le projeta en arrière.

Benjamin se cogna contre le mur et trébucha avant de se retrouver au sol. L'intrus s'élança vers la sortie.

L'avocat se releva avec difficulté, encore effaré et vit arriver la logeuse, affolée.

— Monsieur, ça va ?

— Oui… Oui, ça va. Avez-vous vu qui s'est enfui ?

— Non, malheureusement. J'ai entendu le raffut depuis chez moi et j'ai juste entraperçu la porte d'entrée se refermer.

Dépité, Benjamin constata que les tiroirs de la chambre du défunt étaient encore ouverts, sans doute étudiés minutieusement. Visiblement, le voleur avait été interrompu dans ses recherches. Il n'avait certainement rien trouvé.

Quoi qu'il en soit, il se félicita d'avoir choisi de revenir ici. La présence de cet intrus prouvait qu'ils avaient vu juste et que Roger Balanquin cachait encore un secret. Une fois ce lien trouvé, il était certain de pouvoir résoudre les deux affaires.

*

— Vous êtes sûr que tout va bien ?

L'attention de Jeanne envers Benjamin faisait visiblement plaisir à l'avocat.

Aurore Dupin sentit son cœur se serrer. Elle prenait de plus en plus conscience que toute cette histoire était bien réelle et que leur enquête recelait bon nombre de dangers.

Benjamin les avait rejointes alors qu'elles l'attendaient dans le jardin. Viviane conservait sa bonne humeur malgré l'angoisse qui l'étreignait certainement.

L'homme était rentré, la joue rougie et l'air désappointé.

— Je ne peux pas croire que vous vous soyez jeté ainsi dans la gueule du loup !

Viviane avait perdu son sourire à la vue de son fils et semblait maintenant au bord de la crise de nerfs, ce que son amie concevait aisément.

— Voyons le bon côté des choses, Mère. Nous avions vu juste. Le meurtrier de Roger Balanquin est aussi à la recherche de ce qu'avait trouvé l'éditeur.

— De quoi parlez-vous ?

— Je n'en ai pas la moindre idée. Mais quoi que ce soit, cet indice sera sans doute le lien entre la mort de l'éditeur et la famille de Jeanne. Dommage que le voleur m'ait surpris, sans quoi, nous aurions rapidement résolu cette affaire !

Il frotta sa joue encore douloureuse. Son air déçu attendrit Jeanne qui s'avança légèrement vers le jeune homme sans toutefois oser un geste de plus. Aurore Dupin insista :

— Vous n'avez vraiment rien vu chez ce voleur qui puisse vous indiquer de qui il s'agit ?

— Malheureusement, tout est allé bien trop vite. J'avoue que cette silhouette m'est familière mais de là à mettre un nom…

Jeanne poussa un gémissement de dépit :

— Je sais que ce que nous avons découvert ne nous indique nullement que c'est bel et bien Antoine Dumesnil qui a tué Roger Balanquin. Mais il n'en est pas moins vrai que ce n'est pas lui qui a écrit ce roman et qu'il va bientôt recevoir un prix qu'il ne mérite pas ! Le temps passe et je ne vois pas comment nous pourrions arrêter cela !

— Il sera toujours possible de rétablir la vérité a posteriori, souffla Benjamin.

La jeune femme secoua énergiquement la tête.

— Non ! Peu importe si ce dernier lui est retiré après coup, tous se souviendront que c'est cet homme qui l'a reçu. Les journaux, les écrits porteront des articles l'encensant. Nous ne pouvons pas laisser faire cela.

Benjamin montra des signes d'impatience :

— Et que suggérez-vous ? Nous n'avons rien ! Rien !

Les trois femmes se turent.

— Nous nous sommes lancés dans cette enquête mais nous n'avons aucune piste sérieuse. Avec tout le respect que je vous dois, Mademoiselle Vannier, je ne suis pas certain que nous parvenions avec Madame Dupin à démêler les nœuds de ces deux mystères, et ce malgré toute notre bonne volonté. Nous avons toujours trois suspects pour la mort de Roger Balanquin et autant pour le meurtre de votre père. Mais aucun élément tangible qui permettrait d'être sûr de la culpabilité de Joseph Jossiot, Philippe ou Antoine Dumesnil. Et même si celui-ci est le dernier à avoir parlé à la victime, sa version reste cohérente. Nous ne pouvons l'accuser sans preuve.

— Je sais que vous risquez beaucoup avec cette affaire et j'en suis navrée, souffla Jeanne. Mais peut-être pourrait-on le faire avouer ?

— Et comment pensez-vous le faire avouer ? Nous ne pouvons raisonnablement lui mettre une arme sous le nez et lui demander si c'est bel et bien lui qui a tué son éditeur.

— Et pourquoi pas ?

— Mademoiselle, vous perdez la raison.

Aurore Dupin suggéra, toujours très calme :

— Et pourquoi ne pas lui tendre un piège ?

— Un piège ?

— Oui ! Jouons la comédie, mentons, mettons-le face à une situation qui pourrait le dérouter... Et présentons-lui notre amie, Jeanne Vannier, lors de la soirée.

Les deux jeunes gens la dévisagèrent.

— Souvenez-vous de la réaction de Gustave Vaubert lorsqu'il a vu Jeanne. Il était si étonné qu'il a tout expliqué sans que nous ayons à l'y forcer.

Viviane maugréa :

— Encore des cachotteries pour lesquelles je constate avoir été mise de côté...

Benjamin ne prêta pas attention à la remarque.

— Je ne suis pas certain qu'Antoine Dumesnil puisse ainsi perdre le contrôle. Toutefois...

— Je suis d'accord avec Monsieur. Qui plus est, les domestiques ne sont pas acceptés dans ces lieux, ajouta Jeanne.

Aurore Dupin lui sourit avec tendresse.

— Vous n'iriez pas en tant que bonne, mais en tant que l'héritière des Vannier.

La jeune femme recula légèrement tout en agitant les mains.

— Non, je serais incapable de participer à de telles mondanités ! Ce n'est plus ma vie, plus moi. J'ai renoncé à mon rang, je ne fais plus partie de ce monde.

— Une tenue plus adéquate serait sans doute un bon moyen de faire un premier pas vers ce monde… C'est la raison pour laquelle j'ai commandé cette robe chez la modiste.

Benjamin inclina la tête.

— Soit… Après tout, je n'ai pas de meilleure alternative. Servons-nous de l'imagination de notre invitée. Et même si l'idée me semble risquée il nous faut tenter sans quoi, Antoine Dumesnil recevra le prix et tous se souviendront de lui comme d'un immense auteur de talent. Et si vous avez raison…

L'avocat fixa la jeune femme.

— Je dis bien si vous avez raison et que c'est bel et bien Antoine Dumesnil le coupable, il s'agit non seulement d'un usurpateur, mais aussi d'un criminel. Qui sait ce qui pourrait arriver à Aude Dumesnil…

Aurore Dupin se tourna vers Jeanne.

— Qu'en pensez-vous Mademoiselle Vannier ? Il est grand temps de faire éclater la vérité au sujet de votre famille…

*

Aurore Dupin avait tout fait pour alléger la crainte qui transpirait de Jeanne alors qu'elle s'était vue apprêtée pour l'évènement mondain.

Il était évident qu'une grande partie de l'aristocratie et de la bourgeoisie angevine serait présente lors du prix littéraire. Jeanne craignait les regards qui ne manqueraient pas la fustiger suite aux terribles soupçons qui planaient encore sur sa famille. Les rumeurs et scandales avaient la vie dure, ce qu'avait appris Aurore Dupin à ses dépens.

Jeanne était malgré tout montée à bord de la voiture.

Sur le trajet, Viviane se chargea de la conversation, évoquant des banalités mais avec un ton si enjoué, qu'elle serait parvenue à dérider le public le plus morose. Jeanne sembla un moment se détendre.

Mais l'appréhension monta de nouveau en voyant les bâtiments approcher. La jeune femme prit une grande inspiration et Aurore Dupin constata qu'elle tremblait. Benjamin s'en rendit certainement compte car il lui prit délicatement la main et la serra.

Aurore Dupin se remémora le jour de son arrivée dans cette ville, l'impression que lui avait laissé Jeanne Tusseau, la représentation de théâtre où elle avait croisé Antoine Dumesnil et son épouse. Elle se souvenait avoir aperçu un homme au comportement étrange, qui paraissait observer le couple. Il s'agissait bel et bien de Roger Balanquin. Ce dernier avait découvert le secret qui liait l'époux à sa femme et s'était sans doute insurgé. Pourtant, un élément demeurait obscur. Pour quelle raison Aude avait-elle épousé Antoine Dumesnil ? Qu'est-ce qui pouvait donc les lier en plus de ce secret concernant les romans de cet homme ?

— Tout de même ! s'exclama Viviane. Quelle ironie du sort ! Il eût été logique que Roger Balanquin soit présent à cette remise de prix. Que ce soit un accident ou un meurtre, il eût mieux valu qu'il n'ait jamais eu ces monstrueuses bêtes chez lui. Sans compter qu'elles doivent apporter je ne sais quelle maladie…

— Oh, vous savez, il ne s'agit que de billevesées. Il n'y a point de maladie, juste leur venin. Malgré tout, ils ne se montrent généralement dangereux que pour chasser, pour protéger leur territoire, ou ce qui leur est cher…

La phrase d'Aurore Dupin resta en suspens. Elle sursauta sur son siège :

— Le diamant !

— De quoi parlez-vous ? questionna Benjamin.

— D'une vieille légende, sans doute connue par Roger Balanquin… Pardonnez-moi mais nous n'avons que peu de temps. Or, il me vient une idée que je souhaiterais vérifier. Viviane, ma chère, accepteriez-vous de me prêter votre voiture ? Je n'en ai que pour une demi-heure tout au plus.

— Mais Aurore, vous n'y pensez pas !

— Si, bien au contraire. Oh ! Il est probable que je me trompe.

— Je peux vous accompagner, proposa Benjamin.

— Non ! Je ne risque rien. Jeanne a bien plus besoin de votre présence…

La jeune femme baissa les yeux, clairement émue. Le fiacre s'immobilisa. Viviane puis Benjamin descendirent. Ce dernier tendit la main à la demoiselle qui s'appuya dessus. Alors qu'elle posait le pied par terre, son port altier sembla ressurgir. La beauté de ses traits sautait aux yeux. Quoi qu'en dise Jeanne, elle était née pour évoluer dans ce milieu. Elle prit le bras que Benjamin lui tendit et tous trois entrèrent dans le théâtre du cirque après avoir regardé la voiture s'éloigner avec, à son bord, Aurore Dupin.

CHAPITRE 11

La foule se pressait déjà, impatiente d'assister à l'évènement mondain de la saison. Les chaises avaient été disposées dans la salle principale et sur l'estrade, tout avait été installé pour la cérémonie.

Rapidement, Benjamin aperçut Antoine et Aude Dumesnil qui conversaient avec un autre couple.

Jeanne se pencha vers Benjamin.

— Monsieur, il se pourrait que je sache qui est notre maillon manquant…

— Comment cela ?

— Les serpents… Très peu de personnes peuvent manipuler ces animaux sans se faire mordre. Or, je connais quelqu'un qui en est tout à fait capable.

— Mais pourquoi n'en parler que maintenant ?

— Je suis désolée mais si j'ai tort, je ne voudrais pas…

Elle s'interrompit en voyant approcher l'auteur et son épouse. Ils se saluèrent rapidement. Aude retint un mouvement de surprise en reconnaissant Jeanne. Antoine Dumesnil rayonnait de bonheur.

— Je suis heureux de vous voir ce soir ! Je croyais que Madame Sand vous accompagnait. C'eût été un honneur d'avoir une telle invitée pour la remise du prix littéraire.

Viviane s'empressa de répondre :

— Notre amie arrivera un peu plus tard. Juste un peu de fatigue qui l'a amenée à rester se reposer plus longuement chez nous.

Benjamin s'étonna silencieusement de la facilité avec laquelle sa mère venait de mentir. Décidément, elle n'arrêtait pas de le surprendre !

Antoine Dumesnil se tourna vers Jeanne qui leva lentement les yeux. Il lui offrit son plus beau sourire, visiblement sous le charme.

— Je crois ne pas connaitre votre amie, mon cher Maitre.

— Il me semble que si. Vous vous souvenez de Jeanne Vannier ?

Le sourire s'effaça brusquement du visage de l'auteur qui tenta de garder le contrôle et se contenta de montrer une vive surprise.

— En effet, mais cela remonte à bien longtemps.

— Nous avons invité Mademoiselle Vannier qui est de passage dans la région.

— C'est une… joie de vous revoir ici.

— Je vous remercie. Tout le plaisir est pour moi.

La voix de Jeanne ne tremblait pas. Benjamin mesurait l'effort que cela lui demandait tant il l'imaginait en proie à de vives émotions.

— Son frère souhaitait d'ailleurs nous rejoindre.

— Son frère ? Mais n'a-t-il pas… disparu après la perte brutale de ses parents ?

— Oui, c'est un fait.

— Il me semble même avoir entendu des soupçons à son encontre. Il risque la prison.

Benjamin sentit la main de Jeanne serrer davantage son bras.

— Il reste innocent tant qu'il n'a pas été reconnu coupable. Mais je souhaitais surtout le faire revenir pour les faux achetés par son père et qu'il aurait en sa possession.

L'expression d'Antoine Dumesnil se détendit curieusement.

— Des rumeurs infondées, certainement. Personne n'a jamais pu retrouver ces documents.

— Martin Vannier les a gardés. Cela permettra de faire le lien avec la mort de Roger Balanquin. Ne vous ai-je pas promis d'enquêter afin de vous assurer la vérité et vous éviter des accusations à tort ?

L'auteur partit d'un rire forcé.

— Maitre, je vous ai dit qu'il était inutile de poursuivre cette enquête. La police a conclu au suicide. Vous poursuivez des chimères.

— Vous savez que le moindre détail pourrait vous entrainer dans des histoires bien sombres. Et c'est mon rôle de défendre vos intérêts.

Aude Dumesnil fixait son amie d'enfance qui évitait son regard. Antoine cherchait ses mots et parut à court d'arguments.

— Je vous prie de nous excuser, nous sommes attendus.

Le couple s'effaça d'un pas rapide.

— Le frère de Jea… de Mademoiselle Vannier doit venir ? questionna, étonnée, Viviane.

— Non, Mère. J'espère juste que cela ajoutera à la tension créée chez l'un de nos suspects.

Antoine Dumesnil avait rejoint son père et s'entretenait avec lui, jetant des coups d'œil dans leur direction.

— La nouvelle de votre retour va vite se répandre, Mademoiselle Vannier. Et quel que soit le meurtrier, j'ose espérer qu'il se manifestera très rapidement.

— Une souris parmi les chats, en quelque sorte…

Benjamin fixa la jeune femme.

— Une souris bien gardée qu'aucun n'osera toucher, je vous l'assure.

Jeanne regarda le jeune homme et un éclair nouveau brilla dans ses yeux.

— Mais s'il s'agit bel et bien d'Antoine Dumesnil, vous risqueriez de perdre un client…

— Croyez-vous ? Je n'en suis pas sûr, il aura bien besoin d'être défendu.

La jeune femme rit de bon cœur.

— Rien ne vous effraie.

— Si…

Il suivit du regard deux femmes qui venaient dans leur direction. Viviane retint un gémissement.

— Madame Lagardère, Maude. Quelle joie de vous rencontrer…

Le ton manquait de conviction. Benjamin crut voir Jeanne tressaillir. Un homme se trouvait en pleine discussion avec Antoine Dumesnil. Benjamin n'y prêta pas plus attention et se tourna vers sa mère. La jeune Maude Lagardère battait des cils devant lui.

— Nous aurions souhaité vous convier pour prendre un rafraichissement demain si vous êtes disponibles bien sûr.

Viviane gardait le sourire mais semblait chercher un moyen d'esquiver poliment.

— Nous en serions enchantés, or je reçois une amie, la célèbre écrivaine, George Sand et il me parait difficile de…

— Oh, Madame Sand! Combien j'aime ses livres! Je serais enchantée de pouvoir la recevoir également et qu'elle me raconte comment lui est venue l'idée des « *Maitres sonneurs* ».

Les deux femmes les abandonnèrent avec la promesse de les retrouver le lendemain. Viviane leva un regard désolé sur son fils.

— Ne me fixez pas comme ça! J'ai fait ce que toute bonne mère aurait fait. Vous devez aussi penser à votre avenir et à votre descendance… Je suis sûre que Jeanne me comprend.

Tous deux se retournèrent.

— Où est-elle ?

Benjamin balaya l'assemblée du regard.

— Bon sang! Où est-elle partie? Et où est Aude Dumesnil? …

*

Jeanne ne parvenait pas à comprendre ce qu'Hugo Malmaison faisait ici. Autant sa présence que sa tenue l'étonnèrent. Il portait un costume sobre mais qu'il n'était pas en mesure de payer avec son salaire d'ouvrier. Elle l'avait aperçu en pleine discussion avec Antoine Dumesnil puis il avait traversé la salle tandis que Madame Lagardère et sa fille s'étaient présentées pour saluer les Moutier. Profitant de leur inattention, elle s'était faufilée, déterminée à rattraper le jeune homme. Il ne s'agissait que de soupçons et elle ne désirait surtout pas attirer l'attention sur son ami d'enfance.

Hugo était pour elle le dernier maillon de cette histoire, le seul à très bien connaitre les serpents, à travailler dans une imprimerie… Malgré tout, elle peinait à comprendre les motivations qui auraient pu pousser son ami à les trahir et à tuer. L'argent ne pouvait pas être le seul motif.

Elle se glissa dans les coulisses et parvint à le suivre tant bien que mal parmi tous les serviteurs qui se pressaient pour apporter les collations aux invités.

Il ne se retournait pas et progressait d'un bon pas, s'enfonçant davantage dans le cœur du théâtre. Où allait-il ?

Jeanne se mit à courir pour tenter de le rattraper. Elle arriva à sa hauteur et le retint par sa manche. Il fit volte-face et ne montra aucun étonnement quant à la présence de la jeune femme.

— Hugo, que fais-tu là ?

Il regarda autour d'eux avant de l'entrainer dans une pièce immense et apparemment déserte. Le lieu regorgeait de costumes et de décors de spectacle. Il se tourna vers la jeune femme. Ses yeux se voilèrent.

— Je travaille ici.

— Comment cela ?

— Je suis le secrétaire particulier d'Antoine Dumesnil.

Jeanne vacilla.

— Pour quelle raison t'a-t-il pris à son service ? C'est Aude qui le lui a demandé ? …

Le jeune homme garda le silence.

— Parle ! Bon sang ! Que se passe-t-il ?

— Antoine Dumesnil m'a donné une chance !

— Une chance ?

— Oui, une chance d'faire partie d'un autre monde, une chance d'faire en sorte que vous m'regardiez, pas comme un gars du peuple, un pauvre mais comme l'un des vôtres.

Jeanne parut chanceler sous l'effet de l'attaque.

— Je ne t'ai jamais considéré comme un pauvre mais seulement comme un ami.

— Arrêtez de parler d'amitié ! Vous ne m'avez jamais vu comme votre égal. Antoine Dumesnil, si… Je lui en suis reconnaissant et redevable.

— Redevable ? … Jusqu'à quel point ? …

Le doute se mua en certitude. Tout s'expliquait parfaitement si Hugo faisait partie du tableau. Malgré tout, elle ne pouvait se résoudre à penser qu'il ait pu la trahir.

— Non… Ne me dis pas que c'est toi qui as tué Roger Balanquin !

Il secoua la tête.

— Non, je n'y suis pour rien.

— Mais tu as pris ce serpent, n'est-ce pas ? Tu l'as utilisé pour laisser croire à un suicide de la part de l'éditeur et couvrir Antoine Dumesnil !

— Vous êtes perspicace, Mademoiselle Vannier !

La voix forte de l'auteur se répercuta entre les murs de la pièce. Jeanne se retrouva nez-à-nez avec cet homme qu'elle exécrait.

— C'est moi qui suis responsable de la mort de Roger Balanquin…

Les propos se perdaient dans les méandres de l'esprit de Jeanne. Elle le savait, depuis le début, elle avait eu la certitude qu'il se trouvait mêlé à ce mystère. Malgré tout, le fait d'entendre la vérité la plongeait dans une sorte de cauchemar éveillé. D'autant que l'attitude froide et placide de cet homme la glaçait de terreur.

— Un accident. Un désaccord, tout simplement. Je me suis emporté et j'ai poussé Roger Balanquin. Cet imbécile ne tenait pas debout. Il a trébuché et sa tête a heurté la commode. Il est mort sur le coup. Vous voyez, un simple accident. Mais, la décence m'empêchait de me laisser accuser à tort. Pensez ! Ma situation, mon prix littéraire. Je ne pouvais pas me permettre de tout perdre. Alors, votre ami Hugo m'a été très utile.

Hugo baissa la tête.

— C'est grâce à lui que nous avons également pu trouver un motif au suicide de Roger Balanquin.

Jeanne blêmit.

— Les faux…

— Exactement, les faux qu'il a édités pour moi à l'imprimerie où il travaillait.

Jeanne le fixa :

— Et mon père ? C'est également vous qui lui avez transmis les documents falsifiés ? ...

Antoine Dumesnil redressa le menton et regarda Hugo qui n'avait toujours pas ouvert la bouche.

— Pour votre père aussi. Hugo m'a été d'un grand secours. Autant que vous le sachiez. Votre peu de considération envers ce malheureux l'a empli de rancune. J'ai su, moi, reconnaitre les qualités de ce jeune homme et lui proposer de se joindre à moi.

Jeanne dévisagea Hugo qui n'osait rien dire.

— Ce n'est pas possible. Dis-moi que c'est faux !

Antoine Dumesnil dodelina de la tête.

— Vos origines nobles vous faisaient mépriser les petites gens...

Piquée, Jeanne jeta méchamment :

— En fait d'écrire, vous lisez trop de livres, Monsieur Dumesnil ! Nous n'avons jamais prétendu être supérieurs à qui que ce soit, quelles qu'aient été nos origines.

— Pensez ce que vous voulez. En attendant, grâce à ce jeune garçon, votre père a accepté d'acheter ce qui lui paraissait être une chance de collaborer avec Monsieur Gaucher pour la chocolaterie. Il mettait ce qu'il avait pris pour des titres de bourse abordables sur la table et ainsi s'assurait des parts dans le projet du commerçant. Mais, cette supercherie n'a pas échappé à l'œil avisé du notaire.

La voix de Jeanne éclata. Des larmes brouillaient petit à petit sa vision.

— Vous êtes monstrueux ! Vous souhaitiez encore vous venger de mon frère ?

— Me venger ? Appelez mes actions comme il vous plaira. Pour ma part, il s'agissait de laver l'affront que Martin m'avait fait ! Me trouver ainsi jeté du collège relevait du parjure. Martin Vannier me jalousait, il ne pouvait souffrir de me voir si populaire.

— Populaire ? N'est-ce pas une antiphrase ? Vous n'étiez en rien populaire, vous terrorisiez ceux qui ne vous plaisaient pas !

— Balivernes ! Bousculer quelques camarades ne fait pas de nous des tyrans ! Martin voulait me prendre ce qui me revenait de droit et il s'est plu à raconter cette histoire. J'ai donc voulu lui montrer ce que cela faisait de tout perdre.

Ses propos irrationnels inquiétaient d'autant plus Jeanne qu'il semblait impossible de le raisonner.

— De tout perdre ? Il ne s'agit en rien de perdre une place mais de vies brisées ! Mon père est mort. Il s'est suicidé et mon frère a dû partir.

— Vous croyez réellement qu'il s'est suicidé ? …

Jeanne le dévisagea.

— Martin ne l'aurait jamais tué !

— Je ne parle pas de Martin…

— Vous !

La jeune femme serra les poings de rage. Une nouvelle fois, Antoine Dumesnil confirmait l'impensable. Cet homme ne provoquait en elle que haine, colère et mépris. Il ne faisait montre d'aucun remords.

Elle avança vers lui. Ce dernier recula et sortit une arme de sa poche, ce qui l'arrêta immédiatement.

— Hugo, allez chercher mon cocher, ordonna Antoine Dumesnil…

Le garçon hésita et finit par céder, les abandonnant tous deux. Antoine reprit sur un ton mièvre :

— Il me semble avoir entendu que Jeanne Vannier et son frère ont disparu suite à la mort de leurs parents et que pour beaucoup, ils seraient même décédés. Chagrin, accident… Peu importe. Votre absence ne surprendrait donc personne si vous veniez de nouveau à vous volatiliser… Et puis, ne suis-je pas auteur ? Je trouverai bien une raison pour votre départ précipité. La peur de faire face à tous ceux qui vous connaissaient alors que votre famille brillait encore…

— Benjamin Moutier ne sera pas dupe !

— Notre cher avocat se pliera à la version que je lui offrirai. D'autant plus grâce à un dédommagement conséquent pour l'enquête menée. Je ne connais pas d'individus ne s'inclinant pas devant l'argent et le pouvoir. Qui êtes-vous pour lui finalement ? Juste une ancienne connaissance ? Une amie de passage certainement ? Mais Benjamin Moutier est avocat et il s'est battu pour. Il serait dommageable que son installation à Angers se voie contrariée. S'il venait à trainer dans la boue le nom d'un auteur aimé de la ville, et ce pour une jeune femme au passé douteux, il verrait vite sa clientèle disparaitre.

— C'est vous qui avez tenté de le tuer l'autre soir !

— Le tuer ? Que de grands mots ! Lui faire peur, c'est tout… Mais pour vous qui connaissez toute la vérité, il me semble impossible de vous laisser l'opportunité de raconter mes petits secrets.

Jeanne fit un pas en arrière et vit avec horreur la main d'Antoine serrer la crosse. Un bruit étrange se produisit. L'arme s'enraya.

La jeune femme profita de cette chance et s'enfuit dans la pièce à la recherche d'une éventuelle autre sortie. Les meubles, décors, costumes gênaient sa progression mais la dissimulait aux yeux de son poursuivant qu'elle entendait à ses trousses. Devant l'absence d'issue, elle se recroquevilla derrière une commode. Tout son corps tremblait.

— Vous ne manquez pas de ressources, Mademoiselle Vannier. Malgré tout, comprenez que vos chances de vous en sortir sont bien minces. Je voulais vous offrir une mort plus rapide. Mais si vous préférez, Hugo va revenir d'ici peu, bien que je ne pense pas que vous apprécierez une telle fin…

Elle ferma les yeux pour tenter de reprendre son calme et trouver une solution. Malgré tout, la situation lui parut critique. Personne ne savait où elle se trouvait. Comment pourraient-ils lui venir en aide ? Cette salle était isolée, dans les sous-sols du bâtiment. Inutile de crier.

Soudain, tout lui sembla particulièrement silencieux. Une ombre se dressa à ses côtés. Elle se tassa davantage lorsqu'un coup de feu retentit…

Un cri s'échappa de ses lèvres. Antoine Dumesnil se dressa devant elle.

— Trouvée…

*

Benjamin Moutier scruta la rue. Le soleil déclinait lentement. Quelques passants circulaient encore mais pas de trace de Jeanne. Il entra de nouveau dans le théâtre pour rejoindre sa mère.

— Mais où a-t-elle bien pu aller cette petite ? Croyez-vous que l'invitation de Madame Lagardère ait pu la contrarier à ce point ?

Viviane pressait ses mains sous l'effet de l'appréhension. Son fils secoua la tête.

— Je ne crois pas, sincèrement. Elle a sans doute vu quelque chose qui a attiré son attention. Je me demande d'ailleurs...

Il s'interrompit et jeta un regard autour de lui.

— Je ne vois plus non plus Antoine Dumesnil !

Philippe Dumesnil conversait avec Joseph Jossiot. Benjamin se dirigea vers eux et les salua.

— Je m'excuse de vous interrompre de cette manière mais je cherchais votre fils et ne le vois plus.

Philippe Dumesnil, pincé, lui adressa un coup d'œil froid.

— Mon fils est autonome dorénavant. Je ne sais pas où il se trouve.

Joseph Jossiot prit un ton plus affable.

— Mais je pense que nous devrions très vite le voir revenir car le prix va bientôt être annoncé. Son épouse a aussi disparu. Il est probable qu'ils soient sortis prendre l'air un instant. L'émotion...

Benjamin en doutait car Antoine n'était pas un émotif. Toutefois il s'inclina, rejoignit sa mère et vit avec plaisir Aurore Dupin à ses côtés.

— Vous voilà parmi nous ! Avez-vous trouvé ce que vous souhaitiez ?

La dame souleva sa pochette qui semblait contenir un objet lourd.

— Je le crois sincèrement. Mais votre mère vient de m'apprendre que Jeanne a disparu.

— En effet.

— L'urgence est de la retrouver.

Benjamin sursauta et suivit du regard un individu qui traversait la salle. Son visage ne lui était pas inconnu.

Joseph Jossiot vint s'installer sur le devant de la scène montée à cette occasion et attira l'attention du public présent.

— Mes chers amis, nous allons maintenant pouvoir procéder à la remise du prix que vous attendez tous.

La foule s'avança, pressée et excitée à la perspective de découvrir les résultats.

Benjamin sentit l'angoisse monter, incapable de déterminer où se trouvait Jeanne. Le pire cauchemar de la jeune femme était sur le point de devenir réalité. Antoine Dumesnil s'apprêtait à être consacré aux yeux de tous.

Il vit entrer l'auteur dans la salle par l'une des portes de service. Aude, son épouse apparut à son tour derrière eux. Son expression empreinte de colère la transformait au point qu'il crut ne pas la reconnaitre.

Aurore Dupin s'approcha d'elle et souffla quelques mots que Benjamin ne comprit pas. Aude Dumesnil écarquilla les yeux et secoua la tête. Elle sortit son carnet et nota un mot dessus.

Joseph Jossiot poussa un soupir en voyant son auteur fétiche approcher de la scène. Il débuta son discours et sans plus tarder, ouvrit l'enveloppe qui contenait le nom du gagnant.

D'une voix forte, l'éditeur clama :

— Antoine Dumesnil !

Ce dernier joua parfaitement la surprise à l'évocation de son nom et monta, tout sourire sur l'estrade.

Benjamin vit alors Aude Dumesnil traverser la foule, sans doute pour rejoindre son mari. Mais alors qu'elle approchait de la scène et montait les deux marches pour arriver à hauteur du vainqueur, elle sortit une arme de son sac et mit en joue l'homme.

Un cri s'éleva dans l'assemblée et bon nombre d'invités reculèrent. Antoine se baissa par réflexe et Joseph Jossiot fit quelques pas en arrière. La peur se lisait sur les traits des deux hommes.

Benjamin se précipita vers la jeune épouse.

— Madame Dumesnil, ne faites pas ça !

Aude semblait sourde à ses suppliques, elle dévisageait son époux et le gardait dans la ligne de son arme, sans un tremblement. La voix d'Antoine vibra sous l'effet de la peur et de la colère :

— Mais vous avez perdu la raison ? !

Elle leva son carnet sur lequel apparut un prénom : « Jeanne ».

Aurore Dupin se plaça près de Benjamin.

— Votre femme veut savoir où se trouve son amie, Jeanne Vannier.

Un murmure enfla dans le public. Ce nom était encore connu et la présence de la fille Vannier provoquait déjà la stupéfaction.

— Je n'en sais rien ! Est-ce une raison pour me menacer de cette façon ?

— Il n'y a pas que cela, Monsieur Dumesnil…

Aurore Dupin s'exprima sur un ton plus dur :

— Il est temps pour vous d'avouer vos crimes. Tous vos crimes.

— Je ne sais pas ce que l'on vous a raconté mais ce n'est qu'un tissu de mensonges.

Une détonation retentit, créant l'affolement dans la salle. Antoine porta sa main à son oreille en hurlant. Du sang s'écoula entre ses doigts. Aude n'avait pas bougé. Elle avait parfaitement visé. Des agents de police étaient entrés dans la salle et restaient cependant en retrait.

— Mais que faites-vous donc ? Arrêtez-la !

— Dites la vérité d'abord, Monsieur Dumesnil ! Vous avez tué Roger Balanquin parce qu'il savait tout. Il savait que vous n'étiez pas l'auteur de vos romans mais que la véritable artiste était votre épouse. Il savait que votre mariage n'était qu'un compromis pour couvrir Martin Vannier que vous aviez réussi à faire accuser d'un meurtre dont vous étiez le seul coupable, à savoir celui de Claude Vannier. Vous aviez créé ces faux et fait en sorte de les lui faire parvenir. Le soir de sa mort, vous étiez présent et vous avez vu la transaction échouer. Vous avez vu Monsieur Vannier se rendre dans la bibliothèque et prendre son arme. C'est alors que votre plan a été mis à mal… Sans doute a-t-il vu quelque chose qui a arrêté son geste… Et vous l'avez tué vous-même, prenant les faux et sa montre par la même occasion, conscient de l'importance que ce bijou avait pour son fils…

L'expression d'Antoine Dumesnil se contracta dans un rictus méphistophélique.

— Vous divaguez, Madame. Vos romans vous amènent à imaginer des choses qui n'existent pas et cette histoire est d'aussi médiocre qualité que vos écrits…

Aurore Dupin sortit de son sac une montre sur laquelle Benjamin reconnut la gravure d'un serpent. La montre de Monsieur Vannier ! Comment avait-elle pu la retrouver ?

— Voici ce que Monsieur Balanquin avait découvert. Il a également eu la présence d'esprit de demander au commerçant de noter sur un reçu le nom de la personne qui la lui avait déposée…

Antoine Dumesnil pâlit aussitôt.

— Votre jalousie vous aura perdu, Monsieur. Et votre courte imagination également. Vous avez pensé que l'idée du suicide avait fonctionné pour Monsieur Vannier donc pourrait de nouveau couvrir le meurtre de Roger Balanquin. Mais là a été votre erreur. Sachez qu'un bon auteur n'écrit jamais deux fois la même intrigue. Sans quoi, il lasse ses lecteurs…

Des agents de police encadraient maintenant la scène.

Benjamin monta près d'Aude.

— Et Jeanne ? Qu'avez-vous fait d'elle ? N'aggravez pas votre cas ! Je sais que vous avez un complice, je pourrai le retrouver et le faire avouer.

Antoine Dumesnil serra les mâchoires avant de siffler.

— Dans la Maine…

Le sang de Benjamin se figea. Était-il déjà trop tard ?

Le jeune avocat s'élança dans la rue avec la police et à trois, ils prirent la direction de la rivière. La distance n'était pas très longue mais suffisante pour coûter la vie à Jeanne.

Les deux agents suivaient de près Benjamin sur le chemin. Jamais trajet ne lui sembla plus pénible.

L'eau apparut enfin. Ils scrutèrent les bords de Maine et aperçurent une charrette. Deux individus se trouvaient sur les quais. Benjamin reconnut immédiatement l'ouvrier de l'imprimerie que Jeanne avait regardé avec insistance. Le même homme avec qui il avait surpris la jeune femme dans le jardin de la demeure familiale et qui s'était présenté chez Antoine Dumesnil alors que l'avocat venait tout juste d'arriver à Angers. Le dernier maillon de cette affaire !

Un bruit sourd se fit entendre et il vit avec horreur un objet flotter sur les eaux.

Benjamin poussa un cri de rage et s'élança pour sauter. La malle pesait trop lourd et s'enfonçait lentement. La rivière n'était pas profonde à cette époque de l'année mais suffisamment pour qu'il n'ait pas pied. Il tenta d'ouvrir le verrou, sans succès.

Le haut de la malle dépassait encore, laissant un faible espoir quant à la vie de Jeanne. Un policier rejoignit l'avocat et sortit un trousseau de passe-partout.

La serrure résistait et Benjamin vit l'eau s'infiltrer plus fortement encore pour finir de recouvrir le coffre. Le jeune homme tenta de le retenir tandis que le policier poursuivait ses efforts.

— Allez !

L'agent réussit enfin à faire céder la serrure et ouvrit la malle. Une silhouette féminine se dessina sous l'eau. Benjamin la souleva prestement et la tira jusqu'au quai où des hommes l'aidèrent à la sortir de la rivière.

Jeanne était inconsciente, bâillonnée et pieds et poings liés. Il délivra ses lèvres.

— Jeanne, je vous en prie, réveillez-vous !

L'un des pêcheurs se pencha et la mit sur le côté en lui tapant dans le dos. Les secondes s'égrenèrent sans qu'elle réagisse. Benjamin ne pouvait accepter une telle situation mais il se trouvait totalement impuissant.

Soudain, de l'eau s'échappa des lèvres de la jeune femme qui se mit à tousser violemment. Un cri de joie s'éleva parmi la foule assemblée. Benjamin poussa un immense soupir de soulagement et prit la jeune femme dans ses bras.

Un policier s'avança vers lui.

— Monsieur, les fuyards ont été interpelés. Nous les amenons à l'office.

Benjamin acquiesça. Sur le quai, il aperçut Aurore Dupin dont l'expression se détendit immédiatement à la vue de Jeanne, consciente. Le plus dur avait été fait et miraculeusement, tout le monde s'en était sorti indemne. Ce ne serait pas le cas de Monsieur Dumesnil, de cela, ils pouvaient en être certain…

Chapitre 12

Aurore Dupin observa Jeanne s'éloigner dans le jardin. Un sourire apaisé éclairait le visage de la jeune femme. Elle avait abandonné sa tenue de domestique pour une robe que lui avait offerte Viviane Moutier. Les épreuves endurées et les frayeurs vécues ces derniers jours semblaient être oubliées, ou tout au moins dépassées au profit du bonheur de voir la vérité enfin révélée.

Une seule part d'ombre semblait encore occuper l'esprit de Jeanne : les nombreuses questions entourant encore la situation de son frère.

Viviane poussa un soupir en posant son verre de limonade.

— Voilà une histoire que je ne suis pas près d'oublier.

— Et vous auriez tort d'essayer. Rares sont les occasions de vivre ce genre d'aventure que l'on ne lit que dans les livres.

— Et vous savez de quoi vous parlez.

La femme gratifia son amie d'un sourire espiègle.

— Maintenant que tout ceci est enfin terminé, pourriez-vous m'expliquer exactement de quoi il retournait ? Ma contribution tardive m'a ôté tout moyen de comprendre les tenants et les aboutissants.

— Tardive, pas tant que cela. N'oubliez pas que vous avez mis à l'abri notre jeune amie par qui l'alerte a été donnée. Sans votre intervention, Jeanne n'aurait jamais pu émettre des doutes concernant l'honnêteté d'Antoine Dumesnil et nous penserions aujourd'hui que Roger Balanquin n'était pas si sérieux qu'il en avait l'air.

Viviane rougit et secoua la main dans un geste vif.

— Oh ! Mais ce n'était rien. Mon devoir de chrétienne, voilà tout.

Aurore Dupin s'installa sur son siège et tapa sur ses genoux pour faire monter Alfred. Le vieux chat ne se fit pas prier et se roula sur la robe de sa maitresse. Celle-ci inspira profondément avant de débuter son récit.

— L'histoire est ancienne et mérite que l'on reprenne du début. Antoine Dumesnil, jeune aristocrate angevin semait la terreur dans le collège où il avait comme camarade Martin Vannier. Tyran, il s'est vu dénoncé par le jeune Vannier, ce qui causa son renvoi. D'une jalousie maladive, il nourrit sa rancune à Paris où il tenta de percer comme auteur. Mais à son retour, il découvre que Martin est fiancé à Aude Vaubert. Bien décidé à lui faire payer son affront passé, il imagine ruiner la réputation de la demoiselle et jeter la honte sur la famille de son ennemi. Il découvre au même moment deux informations qui vont jouer en la défaveur de Martin. La première est la démarche du jeune homme auprès du banquier, Philippe Dumesnil, le suppliant de racheter les dettes de sa famille. La seconde est la découverte des talents d'écrivaine d'Aude Vaubert. Dans son esprit, un plan monstrueux se construit : faire tout perdre à Martin et épouser Aude pour l'utiliser. Et il y parvient.

— Mais d'où lui est venue l'idée des faux ?

— De son père. Il a su que des pourparlers s'engageaient entre Monsieur Gaucher, le chocolatier et Monsieur Vannier. Il a trouvé un allié en la personne d'Hugo Malmaison. Le jeune ouvrier était visiblement prêt à tout pour sortir de la misère, quitte à trahir ses anciennes connaissances. Il a réalisé les faux et les a transmis au père de Jeanne, passant ainsi pour un intermédiaire de confiance. Monsieur Vannier le connaissait depuis son enfance, il n'a émis aucune réserve lorsqu'Hugo lui a fait part de cette opportunité. Désireux de s'assurer que tout se déroulait comme prévu, Antoine Dumesnil s'est introduit dans le jardin pour assister depuis l'extérieur aux échanges. Or, après le départ de Monsieur Gaucher et du notaire, Monsieur Vannier a sorti son arme de son bureau. Mais il n'a pas tiré.

— Pourquoi ?

— Il venait de voir l'écriture. Antoine Dumesnil a rédigé lui-même les parties manuscrites des actions. Monsieur Vannier a reconnu cette écriture et c'est certainement ce qu'il a voulu vérifier dans la bibliothèque. Il y avait gardé un courrier d'Antoine. L'auteur a suivi sa victime et a compris qu'il était perdu s'il ne faisait rien. Il n'a pas hésité, est entré, a saisi l'arme et a tiré sur le pauvre homme. Puis il a laissé le pistolet dans la main de Monsieur Vannier, afin de faire croire à un suicide. Mais il a commis une fois de plus une erreur.

Viviane était pendue à ses lèvres.

— Laquelle ?

— Je vous l'ai dit, la jalousie l'aura conduit à sa perte. Il a vu la montre de Monsieur Vannier, une montre à laquelle son fils tenait particulièrement et l'a volée, en plus des faux et de sa propre lettre. Or, c'est cette montre qui l'a trahi.

— Mais comment ?

— Roger Balanquin aimait les serpents. Or, sur cette montre, un dessin de cet animal était gravé. Ce qui lui fit forcément remarquer le bijou lorsqu'Antoine eut l'audace de le porter. Inquiet de l'intérêt de l'éditeur pour cet objet, Antoine Dumesnil s'en est débarrassé. Or, Roger Balanquin l'a vu dans une vitrine de bijoutier. Il l'a acheté après avoir eu confirmation que son précédent propriétaire était bien Antoine Dumesnil. De plus en plus intrigué, l'éditeur a enquêté sur cette montre. Gustave Vaubert l'a aidé en lui permettant d'identifier le précédent propriétaire grâce au journal.

— Au journal ?

— Oui. Sur l'article que Gustave Vaubert avait conservé concernant la mort de Monsieur Vannier, ce dernier posait avec sa montre. La face gravée était visible. Il souhaitait aussi s'entretenir avec Aude Dumesnil pour obtenir plus d'informations j'imagine et comprendre les raisons pour lesquelles elle écrivait les romans de son époux, ce qu'elle lui a refusé.

— Mais alors, Antoine Dumesnil a aussi tué l'éditeur ?

— Roger Balanquin avait eu des doutes sur l'intégrité de son auteur et savait déjà qu'il n'écrivait pas ses romans. Mais il a été pétrifié de découvrir un passé bien plus sordide et était décidé à tout lui faire avouer.

— C'était risqué.

— Il craignait, je pense, de s'être trompé et ne voulait pas jeter l'opprobre sur son auteur fétiche sans s'être assuré qu'il avait raison. Mais il est resté soupçonneux et c'est pourquoi, il n'a pas sorti la montre.

Elle jeta un coup d'œil sur le bijou posé sur la table. Ce même bijou qu'elle, Aurore Dupin, était parvenue à trouver chez l'éditeur.

— Il l'avait dissimulé là où personne n'aurait osé chercher alors.

— Mais où ?

— Parmi les serpents ! Rappelez-vous du diamant forgé par les reptiles dans la légende que je vous ai contée. Roger Balanquin venait du Berry. Il connaissait très bien cette histoire et a caché son joyau avec ses animaux. Grâce à cette montre, nous savons que c'est bel et bien Antoine Dumesnil qui est le meurtrier du père de Jeanne et de Martin.

— Quelle horreur !

— Le meurtre de l'éditeur n'était pas prémédité. Il est certain que ce fut sans doute un accident, un geste brusque qui fit perdre l'équilibre à Roger Balanquin et qui le tua sur le coup. Paniqué, Antoine Dumesnil a essayé de déplacer le corps. Mais il n'y est pas parvenu…

Aussi, il repensa à la mort de Claude Vannier. Faire passer cela pour un suicide ! La présence même des faux justifiait le geste de l'homme. C'est ainsi qu'il est parti en pleine nuit à la recherche d'Hugo Malmaison. Il était à pied, ayant renvoyé sa voiture pour conduire son épouse chez eux. Aucun témoin donc pour venir expliquer ses recherches nocturnes. Il a écumé les cabarets et a fini par le trouver. Tous deux sont ensuite repartis chez l'éditeur et c'est là qu'Hugo Malmaison a pensé à se servir des serpents.

Viviane frissonna.

— Rien que l'évocation de ces reptiles me fait horreur ! Mais je vous félicite pour votre sang-froid ! Avoir eu la présence d'esprit de solliciter la police pour les conduire au théâtre lorsque vous avez trouvé la montre…

— Il m'a semblé essentiel d'intervenir rapidement. Je me suis demandé malgré tout si Aude Dumesnil n'était pas liée à cela jusqu'au bout et c'est pourquoi je lui ai soufflé que Jeanne avait disparu alors que le prix s'apprêtait à être remis à Antoine Dumesnil. Face à la réaction ébahie de la dame, j'ai su que je me trompais. Mais je ne m'attendais pas à la voir sortir une arme.

Aurore Dupin soupira en voyant Jeanne revenir vers la maison.

— En tout cas, je suis satisfaite de la fin de cette histoire. Voilà une conclusion de romans comme je les aime.

*

Benjamin Moutier s'enfonça dans son fauteuil. La détermination qu'il lisait sur le visage d'Aude Dumesnil se comprenait aisément. Elle faisait preuve d'une réelle volonté de rayer cette partie de sa vie sans ambages.

Aude Dumesnil était retournée vivre auprès de ses parents. La confusion créée par cette révélation sensationnelle avait entrainé le report du prix littéraire. Joseph Jossiot avait exprimé tout autant de surprise que de déception devant la tromperie dont tous avaient été victimes. L'éventualité que la récompense soit finalement attribuée à la réelle auteure du roman était en pourparlers. Toutefois, cela ne semblait pas affecter l'intéressée. Elle s'était présentée à l'office de l'avocat avec une simple demande : divorcer.

Déjà le nom de Dumesnil résonnait non plus comme un auteur à succès mais comme un meurtrier. Ainsi fonctionnait le public qui changeait les étiquettes au gré des passions.

Tout ceci s'apparentait pour Aude à une duperie qu'elle ne pouvait plus supporter. Elle n'avait jamais aimé son époux et ne l'avait épousé que par crainte qu'il ne dénonce Martin Vannier. En effet, fou de douleur et de colère, le jeune fiancé avait provoqué Antoine Dumesnil en duel. De quoi ajouter à ses ennuis un autre motif d'arrestation. Aude l'avait alors poussé à fuir, ce qu'avait rapidement découvert Antoine Dumesnil. Il l'a donc fait chanter : si elle l'épousait, il tairait le projet de fuite de Martin Vannier ainsi que la provocation lancée par le jeune homme. Elle avait cédé pour protéger celui qu'elle aimait vraiment.

Ses fiançailles impromptues avaient achevé de convaincre Martin Vannier de quitter au plus vite la région, ce qui avait plongé la jeune femme dans une détresse incommensurable. Face à la honte de son abandon et à la culpabilité qu'elle ressentait d'avoir trahi la promesse faite à Martin, elle s'était renfermée sur elle-même. L'écriture lui avait servi de véritable garde-fou, lui offrant la possibilité de projeter ses émotions sur son personnage principal. « *L'abysse des âmes* » était un cri d'amour pour Martin Vannier.

Benjamin Moutier opina du chef.

— Très bien, Madame Dumesnil, je suis prêt à défendre vos intérêts. Mais il faut que vous sachiez que tout ce qui vous attend est loin d'être évident.

La femme secoua la tête et se mit à écrire sur son carnet.

« Peu m'importe. Je ne demande qu'à être libre ».

Benjamin Moutier croisa ses mains devant son visage.

— Je sais que vous êtes consciente du scandale que tout ceci a provoqué dans la bonne société angevine. Souhaitez-vous réellement faire cette démarche maintenant ? Il serait peut-être bon d'attendre que le tumulte se soit calmé pour que ce divorce n'entache pas votre réputation.

Aude Dumesnil sourit de dépit.

« Votre prévenance vous honore. Mais vous savez comme moi qu'il est trop tard pour penser à ma réputation. Un seul regard compte aujourd'hui. Je tiens à ce que Martin Vannier connaisse la vérité. »

L'avocat hocha la tête, convaincu.

— Je suis bien d'accord avec vous. Avez-vous une idée de l'endroit où il pourrait se trouver ?

« Peut-être… Il avait évoqué l'Angleterre où un ami de collège vivait. Je pense pouvoir retrouver sa piste de cette manière. De toute façon, je tiens à tout tenter pour lui annoncer qu'il est lavé de tout soupçon. »

Benjamin songea à Jeanne et au bonheur qu'elle ressentirait à la perspective de revoir son frère.

« Je veux tirer un trait sur ce mariage et me laisser une chance de vivre une vie qui m'a été volée voilà deux années. »

— Soit ! Je vous défendrai ! Et si vous aviez besoin de quoi que ce soit pour vos recherches, n'hésitez pas.

Il se leva et accompagna la dame à la porte.

— En attendant, si vous l'acceptez, nous aimerions vous inviter à diner ainsi que vos parents. Vous pourrez saluer Madame Dupin qui repart dans le Berry demain dans la matinée. Mademoiselle Vannier… Jeanne sera heureuse j'en suis sûr de passer un peu de temps avec vous.

Aude Dumesnil inclina légèrement la tête en signe d'assentiment.

— J'aurais juste une dernière question à vous poser… Auriez-vous tué votre mari ?

Elle écrivit de nouveau.

« Je ne crois pas… Mais sait-on jamais s'il était arrivé malheur à Jeanne. »

Il jeta un regard sur le petit sac que portait la dame à son poignet.

— Et votre arme… est-elle toujours sur vous ?

Un léger sourire détendit l'expression d'Aude qui secoua la tête.

« Non, mais un ami m'a dit un jour qu'il fallait parfois savoir la prendre pour les moments qui nous semblaient propices. La remise du prix m'a semblé être le bon moment. »

La jeune femme quitta le bureau et disparut dans les couloirs du bâtiment.

Benjamin Moutier soupira. Il n'avait effectivement pas défendu les intérêts de son précédent client. Mais ce dernier ne l'avait-il pas explicitement prié de ne pas enquêter pour lui ? Finalement, l'avocat se rendit compte que dès le départ, il travaillait pour la jeune inconnue qu'il avait rencontrée sur le bord du chemin.

Le destin s'était montré clément ce jour-là. Il serra la bague qui se trouvait dans sa poche bien décidé à faire une demande en bonne et due forme.

*

Aurore Dupin prit Alfred dans ses bras et jeta un regard circulaire sur la chambre qui avait abrité son séjour en Anjou. Elle caressa la tête du chat qui ferma les yeux de plaisir et laissa échapper un ronronnement sonore et explicite.

— Eh bien, mon ami, nous voici parés pour quitter les lieux. Ce fut un séjour bien plus mouvementé que nous ne l'aurions cru. Mais après tout, un peu d'animation ne fait jamais de mal. Cela m'a permis d'oublier durant un temps au moins les pertes tragiques qui ont marqué ces dernières années.

Elle retint une larme au souvenir de Marc-Antoine, son petit-fils décédé si brutalement à l'âge d'un an.

Malgré les quatre années qui s'étaient écoulées depuis cette tragédie, elle avait grand peine à faire son deuil. Il en était de même pour son cher ami Manceau, décédé brutalement de la tuberculose. La vie était ainsi faite et rendait spectateurs ceux qui restaient du départ de ceux qui partaient bien souvent prématurément.

Malgré toute sa tristesse, elle devait reconnaitre qu'elle éprouvait une vive satisfaction à avoir pu apporter une contribution, aussi modeste fût-elle, à la résolution de cette affaire. Le diner de la veille lui avait apporté bien du plaisir. Voir ces trois jeunes gens ainsi réunis et imaginer les unions à venir faisait aussi partie des bons côtés de l'existence. Jeanne Vannier, tout comme son amie Aude Dumesnil, méritait amplement de vivre sereinement et de profiter de cet avenir qui se dessinait.

Aurore Dupin descendit les marches de la maison et sortit sur le perron. Sa voiture l'attendait et une haie d'honneur s'était formée. Viviane Moutier lui tendit les bras mais eut un mouvement de recul en apercevant Alfred. Aurore Dupin cala l'animal de l'autre côté pour embrasser son amie.

— Je vous remercie pour votre chaleureux accueil. J'ai eu beaucoup de plaisir durant ce séjour.

— Un séjour plein de surprises...

L'hôtesse jeta un regard entendu vers les deux jeunes gens qui patientaient.

— Oui, de belles et pétillantes surprises!

Aurore Dupin se pencha à l'oreille de Viviane.

— Ne leur dites pas, mais je me suis amusée comme une enfant durant cette enquête. Toute cette histoire m'a permis de rajeunir quelque peu.

Viviane retint un rire.

— Moi aussi…

Les deux amies se saluèrent. Aurore Dupin s'arrêta devant Jeanne et Benjamin.

— Mes chers enfants, profitez de ce que la vie vous apporte. Vous pouvez aujourd'hui prendre votre chemin. Il n'y a plus d'obstacle à votre bonheur.

Benjamin sourit en glissant un coup d'œil à Jeanne.

— Vous avez parfaitement raison.

Il se tut un moment, l'émotion se lisait sur ses traits.

— J'ai demandé la main de Mademoiselle Tusseau. Ou devrais-je dire, de Mademoiselle Vannier qui a dit oui.

Aurore Dupin poussa un cri de joie et serra la jeune femme dans ses bras.

— C'est un excellent choix !

— Nous serions ravis de vous revoir au moment du mariage.

— Je vous promets de revenir… Tant que ce n'est pas en plein été et que l'on ne succombe pas à ses températures !

La dame monta dans le fiacre, aidée par Benjamin qui s'inclina bien bas. La voiture se mit en branle. Aurore Dupin suivit du regard les silhouettes qui agitaient encore leurs mains. Elle inspira puis souffla lentement, retenant ainsi la mélancolie qui tentait de s'emparer d'elle. Pour quelle raison se sentait-elle si triste ? Après tout, ce n'était qu'un au revoir…

Écrire un roman offre des occasions de rencontrer des passionnés passionnants.

Un grand MERCI à :

Monsieur Sylvain Bertoldi pour les informations transmises et pour le temps accordé à mes questions.

Mesdames Alice Picard et Florence Hubert pour leur retour riche et complet.

Madame Cathy Le Gourrierec qui m'aide à progresser chaque fois un peu plus.

À ma famille, mes proches, mes amis, et mes lecteurs, qui me soutiennent et m'encouragent et me rappellent que la lecture est aussi un moyen de voyager et de s'évader.

Enfin, à Esteban, Marine, Aliénor et David, pour leur amour.

MOISSONS NOIRES

www.moissons-noires.com

Par ce logo, nous témoignons d'une volonté de réduire les impacts environnementaux liés aux activités de l'imprimerie. Nous choisissons un imprimeur impliqué dans la réduction des gaz à effet de serre. Le choix de nos papiers assure que la production a été faite à partir d'un produit à base de bois et a suivi le cahier des charges d'une gestion durable des forêts européennes.

Achevé d'imprimer par CPI Firmin Didot (172786) en France en novembre 2022 pour le titre « George Sand mène l'enquête ».

Suivi éditorial : Céline Garcia
Conception graphique : Guillaume Bertineau
Mise en pages : Karl Forterre
Correction : Julie Leboissetier

Dépôt légal : 1er semestre 2023

Éditions La Geste
11, rue Norman-Borlaug
79260 La Crèche
contact@gesteditions.com